iHuman

成为更好的人

CUSTOM AGE

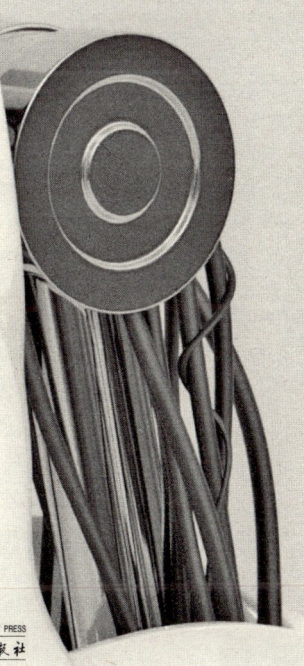

余松 著

定制时代

广西师范大学出版社
·桂林·

定制时代
DINGZHI SHIDAI

图书在版编目（CIP）数据

定制时代 / 余松著. —桂林：广西师范大学出版社，
2020.5
　　ISBN 978-7-5598-2757-9

　　Ⅰ. ①定… Ⅱ. ①余… Ⅲ. ①幻想小说－中国－当代
Ⅳ. ①I247.5

　　中国版本图书馆 CIP 数据核字（2020）第 052131 号

广西师范大学出版社出版发行

（广西桂林市五里店路 9 号　　邮政编码：541004）
　　网址：http://www.bbtpress.com

出版人：黄轩庄
全国新华书店经销
广西广大印务有限责任公司印刷
（桂林市临桂区秧塘工业园西城大道北侧广西师范大学出版社
集团有限公司创意产业园内　邮政编码：541199）
开本：880 mm × 1 240 mm　　1/32
印张：7　　　　字数：140 千字
2020 年 5 月第 1 版　　2020 年 5 月第 1 次印刷
定价：49.00 元

如发现印装质量问题，影响阅读，请与出版社发行部门联系调换。

送给小家伙

目录
CONTENTS

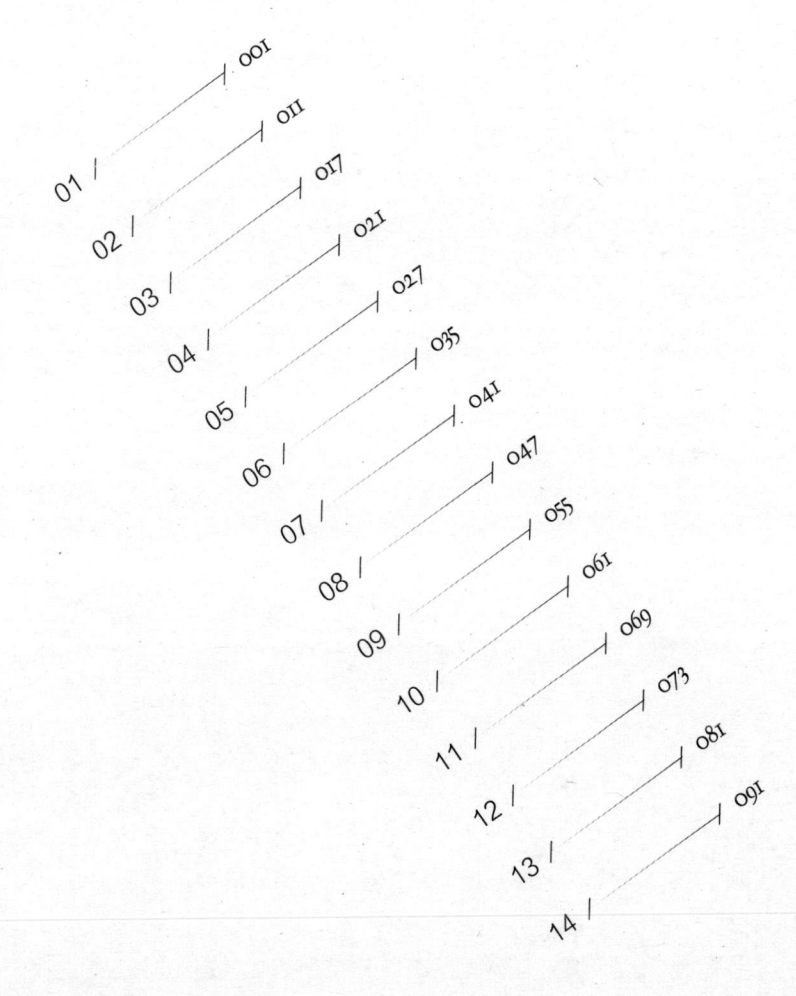

01 / 001
02 / 011
03 / 017
04 / 021
05 / 027
06 / 035
07 / 041
08 / 047
09 / 055
10 / 061
11 / 069
12 / 073
13 / 081
14 / 091

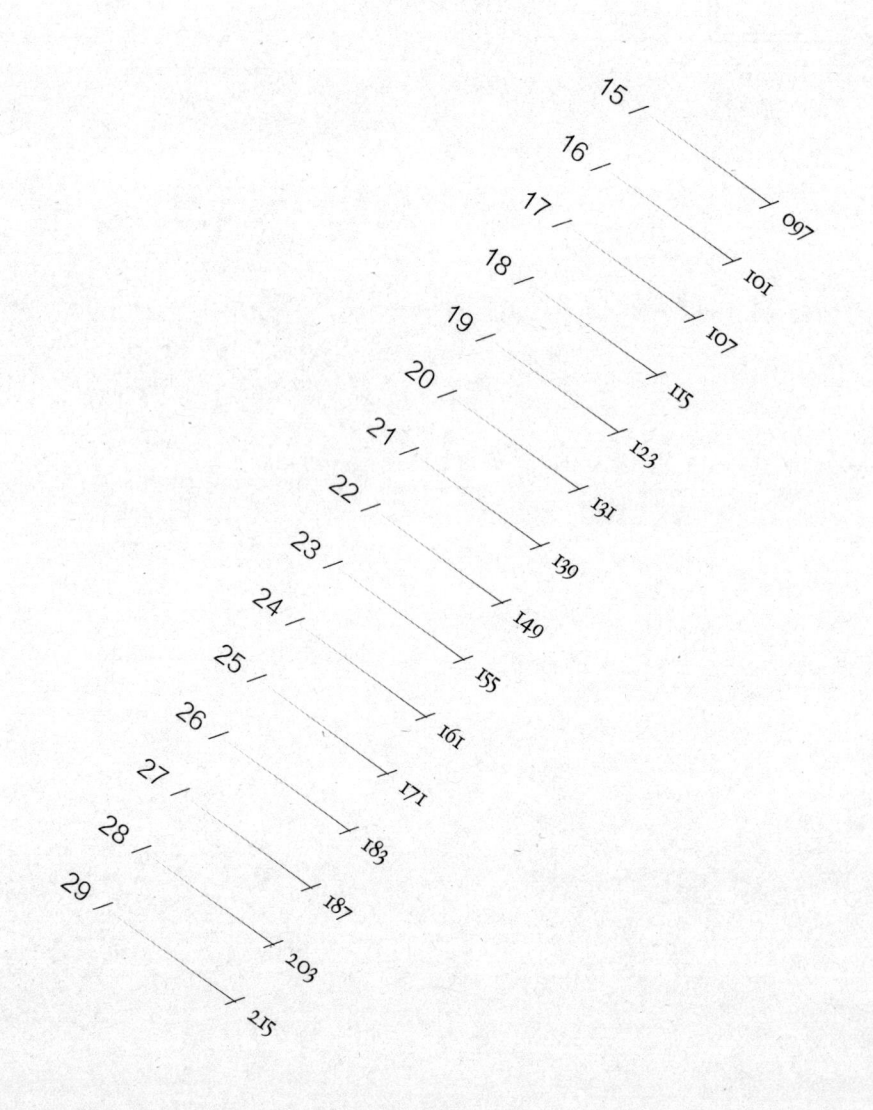

15 / 097
16 / 101
17 / 107
18 / 115
19 / 123
20 / 131
21 / 139
22 / 149
23 / 155
24 / 161
25 / 171
26 / 183
27 / 187
28 / 203
29 / 215

01

"配上音乐，这就是我们第三共和国头号摇滚明星！"马科斜靠在韩家一楼小酒吧的吧台边，用手里的啤酒杯指了指节目中正在声情并茂做演讲的年轻总统，对坐在高脚转椅上的韩说道。

"一个左右摇摆的人，想讨好所有人。"韩道。

"包括机器人。"

"还是太年轻了，他可能都不知道自己在说什么，你听听他的演说，都是空洞、华丽、蛊惑人心的词汇，像个修辞学家。"

"我在此郑重表明我的观点，也是本届政府的观点，我们欢迎一切能够使人类获益的、增加人类福祉的、塑造人类未来的技术。我已经责成科技未来事业部研究包括新希望公司在内的人工智能应用将带来的政治、人道和伦理问题。"年轻总统看起来意气风发，发言激昂有力，只是即使表情严肃时也显得不是很庄重。

"巴拉巴拉……"马科嘲讽道，"政治正确解决不了复杂的现实问题，总是那一套毫无意义的肤浅说辞，好在长篇大论后终于多少有了点实质性的东西。"

"他的支持率可是够高的,她俩都是漂亮脸蛋的忠实拥趸,我们还要忍受他很多年。"韩指了指他们的妻子笑道。

"为了漂亮的脸蛋!"马科举起酒杯。

"为了我们的总统!"韩斜着杯子敲了一下他的酒杯,调侃道。

暗黑的天边传来隐隐的雷声,马科抬头看了看,皱了皱眉。

"不急,要是下雨你们就别走了。瞧她们在一起可比我们高兴多了。"

马科看了一眼围坐在沙发上的四个人,娜娜和韩的妻子美日正在边关注着"新希望"智能人发布会,边说着什么。美日接过女儿鹿鹿递过来的一根天蓝色的发带,把她将要散开的头发系上,旁边的乐乐调皮地扯了扯她扎好的头发。

总统用一个激昂的排比句结束了讲话,画面转到发布会现场,黑皮肤的主持人开始向大家介绍:"2017年,人工智能人索菲亚获得地球公民身份,经过五十年的科技发展,新希望公司在人工智能研制方面终于取得了重大突破,这,可能预示着一个新时代的降临。下面,我们有请'新希望'总设计师迈克,向我们具体展示这款名为'成员'的智能人。"

一个穿着天蓝色工作制服,看起来只有三十多岁的年轻人从通道那边走出来,胸前火焰般的LOGO异常醒目。

"嗨!迈克,和大家打个招呼吧。"

"嗨!大家好,我是新希望集团的总设计师迈克。"他向大家挥了挥手，看起来神采奕奕。

"这么年轻！太厉害了！"娜娜冲着美日惊呼道。

"我不知道该怎么称呼您设计的这款产品：电子人？仿生人？机器人？还是什么未来人？"主持人摊开手，面露难色地说道。

"大家可以称他们为'智能人'。"

"这种称呼好像刻意与我们人类进行了区分！"

"智能人应用可以说是人工智能发展的一个重要阶段，他们对人类的帮助超出了以往任何物种。之前的人工智能产品都是用被动执行的方式部分替代人工劳动，比如工人，厨师……"

"我家就一直在使用机器人厨师，已经换代几次了。"

"只用过厨师吗？"设计师露出疑惑的表情，继而不怀好意地笑起来，现场也发出一片会心的笑声。

"只有厨师，功能单一的厨师！"主持人故作严肃地澄清道，瞪大眼睛做了几个机械的炒菜动作，又引发一阵笑声。等现场略微安静下来，才继续说道："它很了不起，会做一万道不同的菜品，不过你要是想来点特别的就需要预先设置好。"

"相信看到我们的智能人，你就会换厨师了。哈哈哈！"设计师又开起玩笑。

"也许我会换点特别的也说不定。"女主持人又把人们逗乐了。

娜娜笑着对美日说："我真是喜欢米米的主持风格，太机智了，可惜还是单身。"

"我要是单身也会疯狂追求她。"美日也调侃道。

"好了，先回到这里。请您介绍一下公司的新产品吧。"

"很抱歉！我很不喜欢'产品'这个词，还是用智能人吧。相比于之前的设计，我们的突破在于智能人不单从外观上与人类毫无二致，在思维和情感上也和人类没有分别。"

"哦？"

"是的，无论是吃饭、排泄、睡觉，或是情感、触觉，甚至自尊，几乎都和我们很接近。而且更为重要的是，他们具有与我们一样的主动学习能力，很遗憾地说，对于在座的、正在关注我们的人来讲，他们的逻辑能力和学习能力都要优于人类。"

"我可以用我简单的逻辑简单地理解为，他们就是一种新人类吗？"

"我不好给他们以物种上的定义，更愿意称他们为我们的伙伴和朋友，这可能更合适。"

"我已经迫不及待地想看到，呃，智能人了。"

"大家屏住呼吸，和我一起数，1、2、3，他来了。"设计师带动大家数完"3"的时候，镜头对准了另一条通道尽头，那扇黑色的门分成四个半圆旋转着缩进去，一个"人"迈着优雅从容的步子走了出来，每一步都点亮了脚下的一块菱形霓虹地板。镜头拉近，娜娜几个与现场人群一样发出"喔"的一声惊叹，马科和韩也不由自主停下来，吃惊地看着两个外貌一模一样的设计师。

"天哪！"主持人瞪大了眼睛看着走到面前的穿着红色制服、胸前是蓝色 LOGO 的"设计师"，"我承认这还是突破了我的想象，连神情都一样，太惊人了！太惊人了！"

"谢谢!"红制服设计师微笑着分别与主持人和蓝制服设计师握了握手,又挥了挥手,用和蓝制服设计师一模一样的口音说道,"大家好!"

"连体温都差不多!"女主持人翻着右手看了看道,"请两位站到这里。"

蓝制服设计师按照主持人的要求和红制服设计师并排站在一起,从头到脚,眼角细微的皱纹,笑起来的神情,都几乎一模一样。

"冒昧地问个问题,你觉得自己就是他吗?"主持人手指着蓝制服设计师,问红制服设计师。

"你这个问题难倒我了,幸好他也还没有结婚。你有女朋友吗?"红制服调皮地瞟了蓝制服一眼,蓝制服歪头耸了耸肩示意没有。大家都被他俩逗乐了,迷住了。

"你们俩要不是穿着不同颜色的衣服,还真是难以辨别,反正我现在有些混乱。"

"慢慢就会习惯的。"蓝制服设计师微笑着说道。

"你们公司没有出品主持人吧?"主持人自嘲道。

"请放心,目前还没有这个计划。"红制服笑着说道。

"呼!"主持人长吁了口气,用手向胸前扇着风,"请原谅,我实在不知道该用什么样的表达更合适。这算是一个新的物种,我可以这么理解吗?"

"我能理解您的感受,他可能也是这么想的。"红制服设计师悄悄用手指了指蓝制服设计师。

蓝制服设计师按下红制服设计师伸出的手指，回答道："进化一直是人类生存的内在驱动。你可以把他们看作是人类社会的新'成员'，它会成为你的恋人，伴侣，情人，性伙伴，灵魂知已，用人，甚至成为你的家人。"

"这就是你们的定制服务？"

"是的。大家看看我们俩就知道定制的意义了。我们可以根据你的要求定制出你想要的任何形象，当然，不能侵犯他人的肖像权和隐私权。"蓝制服设计师道。

"也不能定制罪犯。"红制服机敏地补充道，大家又被他的话给逗笑了。

"还不能定制超人。"蓝制服笑着说道。

"要是满天都是超人，红内裤就要脱销了。"女主持人机智地回应。

"我要个妹妹！妈妈，咱们定个妹妹吧！"乐乐突然转向妈妈说道。

"有你一个小淘气我们已经够受的了。"妈妈捏了捏儿子的小脸蛋，微微晃着脑袋。

"爸爸。"乐乐转向马科求助。

"我听妈妈的。"马科一脸坏笑，深情地看着妻子。

"你想要什么啊？"美日问女儿。

"我还没想好。"鹿鹿认真地说。

"那你慢慢想吧。"

"先定一个小狗吧，好吗？"鹿鹿赶忙回答。

女主持人继续说着:"说真的,看着真假难辨的他们,不知道大家是不是和我有相似的感受,一个人类一直期待又心怀疑虑的时代可能终于到来了。"

"您会习惯的,我们都会习惯的。我们不是你们的对手,更不是敌人,我们是一家人,是人类理想的自我完善。"红制服诚恳地说。

"来,我们最后玩个小游戏。"蓝制服边说边将一个小巧透明的控制器交给女主持人,"这是控制器,你可以试试,看看会发生什么。不过事先声明一下,这个控制器只是为了演示用的,定制服务中的控制是由定制人的声音来控制的。来,我们做几个简单的动作,1、2、3。"

两个设计师一起做起简单的扩胸和扭腰动作。

"哦,这个是启动,这个是停止,停止!"主持人自言自语,看着控制器,将控制器指向红制服,触动了"停止"键。

"事实上你不用指向目标。"红制服设计师笑着比画,正在做着扭腰动作的蓝制服设计师却停了下来,双手叉腰,身体侧向一边,歪成个">"形。

"这……这是怎么回事?"主持人瞪大了眼睛,用手在两个设计师间指来指去,一副错愕的样子。

"哎!怎么回事?你怎么不动了?"红制服设计师搬了搬蓝制服设计师的胳膊,拍着自己的脑门,装作恍然大悟的样子接着说:"哦!想起来了,我才是设计师。"

所有人都惊呼起来,一直在盯着看的马科和韩也备感震惊。

"太不可思议了！太不可思议了！太不可思议了！"女主持人连说了三遍，仍旧显得难以置信。

"蓝制服才是智能人！妈妈，蓝制服才是智能人！"乐乐也反应过来，在沙发上一颠一颠地叫起来，又拽着妈妈的胳膊央求着，"妈妈，给我定个妹妹吧！我们一起玩多好啊！"

"有鹿鹿姐姐还不够吗？"妈妈笑着说。

"我还想要个妹妹。"

"让妈妈给你生一个吧，还省钱。"马科笑道。

"哼！那我自己攒钱定个妹妹。"

"加油！"马科举着拳头冲儿子挥了挥。

红制服设计师正在做着最后的煽动："我们要用平等的眼光来看待他们，请记住；他们不是工具。他们就是我们自身。我们是他们的现在，他们是我们的未来。"说完，两个设计师深情地拥抱了一下，现场响起一片掌声。

外面起了一阵风，接着大颗的雨点噼里啪啦地落下来。

"不然就住一晚，明早再走。"韩看着渐渐大起来的雨势对马科说。

"等等，我问一下，你知道，她不习惯住在外面。"马科不好意思地指了指，走到妻子后面，双手扶着她的肩头低声问道，"要不我们在这里住一晚？"

"嗯……等一会儿下不了还是回去吧，乐乐明天上学要带的东西都放在家里了。"娜娜有些犹豫地对丈夫说。

"好，那你们先玩一会儿。"马科回到吧台，韩又给他倒了些啤酒。

"你怎么看？"韩问。

"什么？"

"智能人。"

马科想了想："嗯，你知道，我在新技术方面一直持保守的态度。"

"说实话，这次他们的产品还是让我觉得震撼，可能一个新的时代真的就突然降临了。"

"也许人类真要重新进行定义了。"

"哈哈！有可能。"

"我不知道这是不是值得庆幸的。"

"作为一个技术乐观主义者，我还是持相对乐观的态度的。"

"呵呵，这不奇怪！不过，技术的发展总是希望和恐惧并存。"

"总体来说还是希望大于恐惧吧！"

"但愿吧。"

"你会定制一台智能人吗？"

"不会。我是保守主义者，保守主义者总是觉得现世就是最好的。"

"还可以更好！"

他们碰了下杯，乐乐喊道："韩叔叔，你来帮我一下好吗？"

韩冲着马科耸了耸肩，放下酒杯走过去。娜娜笑着把手里的一块拼图交给韩，走到吧台边，接过丈夫递过来的啤酒杯，喝了一小口，笑着说："乐乐是真想要个妹妹啊！"

"我们有他一个就足够了。"

"我今天去科大医疗了。"娜娜轻声道。

"姜博士怎么说？是不是有希望？"

娜娜微微摇了摇头，望着手舞足蹈的儿子，说："他说这种运动神经损伤是永久性的，起码从现在的技术能力来看是不可恢复的。"

马科长叹了口气，满怀遗憾地说道："乐乐那么喜欢踢球，真是无法想象他以后再也不能在球场奔跑了。"

"他现在只是走路有点不平衡，我同学说长大后并不影响做其他不那么激烈的运动。"

"但愿你同学能早点攻克这个难关，真希望在乐乐成年时能一切如愿！"

"我今天似乎有种预感。"

"嗯？"马科看着妻子，露出问询的神色。

"我觉得智能人也许会在不远的一天让我们美梦成真。"

"嗯？我不会同意替换乐乐身体的任何部位，那样他就不是我们完整的孩子了。"

"我是说'新希望'可能会在技术上攻克运动神经损伤。"

"嗯，以他们现在的发展速度应该很快就会突破很多科技难关，要是过几年真能让乐乐重新奔跑在球场上，天啊！真是难以想象！我们得有多高兴啊！"马科紧紧箍住妻子的肩膀，亲了亲她的头发，兴奋之情溢于言表。

02

他们从韩家出来没十分钟，雨又下了起来，马科调到自动驾驶模式，把座椅往后倾斜了一点。

"你有什么心事吗？"他从后视镜里看着妻子若有所思地扭头望着窗外。

"没什么，我就是有点累了。"

"我也累了。"乐乐说着打了个哈欠。

"慢点，让乐乐睡一会儿。"娜娜说着，让儿子枕在自己的腿上，轻轻抚摸着他的耳朵。

他将车速降到每小时60公里，天空中突然又传来一阵压抑的雷声，紧接着亮起几道刺目的闪电，像在绛紫色的天幕上割开了几条口子。

"那个智能人真是太惊人了！我们都被它的设计师给骗到了。"娜娜轻轻捂着儿子的耳朵，抬起头来说道。

"确实是意想不到的突破，简直惟妙惟肖，看起来不像是和他们一起做的表演，智能人和设计师简直太像了。"

"看来他们的公关设计真是费了很多心思，既出人意料，又合情合理。"

"这可能是年度最佳表演了。不知道会打动多少消费者，前途无量。"

"我在想一个问题。"

"好的还是坏的？"

"对我来说当然是好的，不过对你可就不好说了。"

"对你是好的当然对我也不会是坏的。"

"我在想……"她扭头看着丈夫，"我们也定制一个怎么样？"

"什么？"他一下提高了声调。

"嘘！小点声。"她指了指已经闭上眼睛的儿子。

"你怎么会有这种想法？"

"难道你不想定制一个譬如说厨师，或者家政智能人吗？"

"我觉得你做的饭是最好吃的。"

"别贫嘴，我自己都吃腻了。昨天早餐乐乐还说怎么又是煎蛋、培根、生菜啊！"娜娜稍微有点失望地说。

"你只需要一个菜谱就行了，又经济又可以解决问题。"

"我是人啊！我也想坐在那里等着吃人家做好的。"

"那好，以后早餐我来做吧。"

"你呀，还不如我呢！"

"你知道我对这种技术从来都不感兴趣。"

"你是复古主义者,老古董,恨不得劈木头生火才好!"

"哪有那么夸张,不过越是技术发达的时代,越需要一些像我这样保持古老传统的人。"

娜娜想了想笑着说道:"那咱们定制一个马科如何?"

"嗯?"他的语调突然升高,"有些人有想法了噢!"

"我可没那么多复杂的想法,我的想法很简单,这样你出差的时候我就不用那么忙了。"

"然后呢?"

"晚上它也会陪我看会儿视频。"

"然后呢?"

"我会让它做所有的家务,哈哈,一想到这个我就兴奋。"她笑起来。

"然后呢?"

"没有了吧!"

"这么简单?"

娜娜闭上眼睛深情说道:"当然,我只想要你永远陪在我身边。"

夜色深沉,在路上可以看到位于城市中央高耸入云的摩天塔,像根发光的探针伸向浩瀚的宇宙深处。又走了十几分钟,雨势更大了,连绵不尽,让本就阴郁的夜色更加昏暗莫测,雨刷器已经刮不开雨幕,几乎看不清路的轮廓。从半空中看去,马科的汽车就像被一条狂暴的风雨巨鞭抽打着,在弯曲起伏的路面艰难前行,车灯的微光随时都会熄灭在暗黑的世界里。

马科打开音乐,《古诺小夜曲》轻柔地响起,娜娜闭着眼睛,双手搭在儿子肩头仰靠在座位上,露出会心的微笑。

望着外面倾盆而下的暴雨,模糊不清的道路好像永远没有尽头。马科心里有点不安,调回到驾驶模式,把车速降到每小时20公里,艰难地在暴雨中行进。

临近市区时,雨势小了些,驶上前面的斜坡就到了去市里的大桥。车轮在被泥水覆盖的路面上歪斜着前行,他加大动力,车子发出低沉的吼声沿着斜坡刚冲到引桥上,突然发现前方有什么东西横在路中间,他赶紧踩下刹车。对面车道有一株被狂风吹折的粗树枝,将两条车道都挡住了。他犹豫了一下,扭头看了眼已经睡着了的娜娜和乐乐,戴上帽子打开车门。

树枝有一部分还连在主干上,他使劲拽了几次都没能扯断,手背也被划破了。他只好拽着沉重的树枝沿着最省力的弧线将其拖到树下。雨水几乎已经把他全身都打湿了,刚将粗枝拖到对面车道旁,将其理顺,后面突然从坡下射来一道上下剧烈摇动的光柱,吓得他一下僵在那里,眼看一团夺目的眩光中一个黑乎乎且速度飞快的物体重重地撞在自己车的左后方,发出巨大的轰响,那辆巨型车横着扫向他这边,车带动断枝将马科也抛了出去,重重摔在护栏上,他的车则冲开护栏翻下路基。

像宿醉后失忆一样,脑袋里嗡嗡作响,一片混沌,他挣扎着想要站起来,却全身酸软,趔趄着跌倒在泥水里。雨水和着血水从头上流下来,模糊了视线,他一边擦着眼睛一边用尽力气想站起来,不听使唤的左腿传来一阵钻心的疼痛。那辆车压倒了一片护栏,侧翻在路边。一排车顶灯刺目的亮光照出细密的雨丝和大桥粗壮的钢索,以及被撞坏的护栏。他咬牙忍着剧痛,扶着护栏慢慢站起来,一瘸一拐地扑向对面断开的护栏。斜坡下面一片漆黑,模模糊糊看不清,他声音嘶哑地喊着娜娜和乐乐的名字,想找条下去的路。

当他费力地从引桥的台阶跌跌撞撞下到河床时,一架医用救援机已经飞临桥头,一柱强光从半空中照射到河床上,随着飞机的盘旋搜寻着。马科看到自己的车子终于出现在晃动的光柱下,四轮朝天坠落在风雨里。飞机慢慢降落在距离现场二三十米的一处相对平坦的河床上,有几个人下来,紧接着头盔上的灯亮了,变成几道光剑,在暗黑的夜里切割开几条可以呼吸的缝隙,飞机的射灯又重新罩住了车子,有个人半跪下来歪头向驾驶室里望着,旁边的两个人似乎在商量着什么,飞机上又有一束光向着大桥这边扫过来,从马科身上掠过去,又回来。在光下,浑身湿透的马科右手杵在泥水里,左手抬起手掌外翻挡在眼前,车子边的一个人开始向他这边走来,还没到身前,马科便歪斜着倒了下去。

03

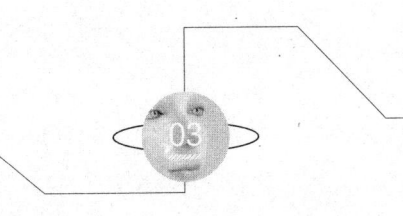

马科的父母赶到时，韩已经守在病床边。马科打了镇静剂，擦伤的面颊涂着透明的快速愈合药膏，眉头微蹙，沉沉地睡着，左腿直伸着，骨折的部位带着固定护具。

他们一边守着马科，一边焦急地等待着。韩去了几次急救处，终于在半小时后，一位医生表情沉重地告知他们，救护人员从十几米高的斜坡下找到马科的妻子和儿子时，两个人已经没有了生命体征，一路上的抢救最后也没能将他们二人从死神的手里夺回来。

马科的妈妈几欲昏厥，爸爸也心如刀绞，不知该怎么把这个不幸的消息告诉儿子。韩心情沉痛地安慰着他们，看着熟睡中的好友，不知如何是好，真希望这就是一场噩梦。

马科一直处在一种昏昏沉沉的迷离之中，时而灼热，口干舌燥；时而冰冷，如坠冰河；更多的时候是狂风暴雨无处藏身，他感觉自己一直在一座桥上奔跑着，似乎永远都没有尽头。风雨中好像有人在叫他的名字，有一些零散的光在记忆里闪过。

定制时代
Custom Age

清晨和煦的阳光照在床边,马科醒过来的时候,发现爸爸和韩坐在身边。见他张开眼睛,韩赶紧将病床升起一些,扶着他靠在床头。

"娜娜和乐乐怎么样了?"马科焦急地问。

爸爸的眼里泪水滚动,微微摇了摇头。他转向韩,看到韩眼圈发红,紧抿着嘴唇,用力在马科肩头按了按,说:"你一定要坚强!我们都在这里和你在一起。"

"天哪!"他在心里哀叫着,整个世界一下子坍塌下来,泪水从腮边簌簌滚落,"这是上帝对我的惩罚吗?"

第二天的新闻播报中,有那辆肇事的大越野车侧翻在桥头的影像,司机涉嫌危险驾驶,仍在重症监护室,生死未卜。晚间报道称,肇事司机被检测出吸食了一种新型致幻毒品,这种毒品在吸食十分钟后会让人出现长时间的幻觉,之前发生的一起坠楼事件的死者就是因为吸食了这种名叫"未来粒子"的毒品,结果抱着女友从四十楼跳了下来。马科妻儿的不幸让新闻播报员也唏嘘不已,对毒品加大打击的言论又重新被提起,立法委员已经开始重新考虑启动立法调查。

"等一下,我想看看他们。"第三天,在出院前马科对陪着他的韩说。

"马科!"韩使劲儿握着他的手,同情又诚恳地说,"你放心,他们被照顾得很好。"

马科摇了摇头:"我要去看看他们。"

恒温的遗体放置室里,两个淡蓝色的长箱慢慢从地板下升上来有一米多高。马科闭上眼睛深吸了口气，在心里凄苦地说道："亲爱的，我来看你们了。"

他碰了一下其中一个长箱侧面红色的按钮，箱盖里面的一层乳白色雾状物质缓缓隐去，妻子的面容一点一点显露出来。她静静地躺在这个有些狭窄的空间里，里面铺衬着酒红色的天鹅绒。她双手十指交叉放在腹部，面容安详，嘴角微微翘起，像是在一个温馨的梦境之中。马科含着泪隔着玻璃轻轻抚摸着妻子的面庞，凉丝丝的触感从掌心渗入肌肤。悲痛之余，他又触动了放置乐乐遗体的长箱侧面的按钮，儿子的小脸渐渐清晰，就像在车里睡着那样，安安静静，不哭不闹，只是他再也醒不过来了……有一瞬间，马科突然想叫醒他们："亲爱的，我们回家吧！"

五天之后，是娜娜和乐乐的葬礼，并没有那种令人伤感的雨水。吃完早餐，韩帮着马科整理好衣服，"我们走吧？"

马科扶着韩的胳膊坐在轮椅上，出了屋子，被推进车厢，一语不发。车子缓缓启动，他扭头呆望着晴空上漂浮的云朵，神情恍惚，好像陷入迷思一般。

妻儿的长眠之处选在了市郊的公共墓地，上午十点，亲朋好友已经从四处聚集在绿草茵茵的墓穴旁，神情哀戚，都不知道该怎么安慰马科。几个人走过来，他面无表情，机械地和他们握手，眼睛一直盯着那两具暗红色的棺椁。

妻儿的棺椁终于缓缓沉入墓穴，他闭上湿润的眼睛，眼前总是浮现出他们安详地躺在淡蓝色玻璃箱中的样子。第一捧潮湿的泥土

定制时代
Custom Age

落下去,发出轻微的撞击声,接着铁锹切入泥土的沙沙声,泥土落下的簌簌声……一下一下锤在他的胸口,把他们分隔开。

墓穴上面铺好了草皮,看起来平整,静穆,就像早就生长在那里一样。他一个人坐在轮椅上,望着墓穴,情难自已,怎么都难以接受自己最爱的两个人现在就静静地躺在那里,与自己生死两隔,曾经的海誓山盟,那些让他渴望又激动的未来,上周刚刚说好的旅行……现在,这个世界还有意义吗!

04

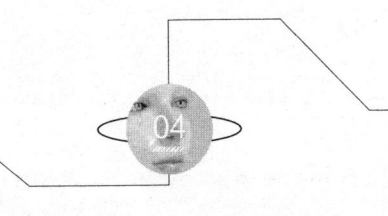

　　马科固执地没有听从爸妈的建议换个新居,徒劳地一个人抵御着随处可见的痛苦回忆,一到夜里,忧伤就开始从屋子的各个缝隙里浮现出来,将他死死困住。他宁愿倔强地守在这里,也不愿将它变成一个陌生的地方,或是把它卖给别人,或许到时候这个房子新的主人就会把属于娜娜和乐乐的一切都清洗干净——他们自结婚起就一直住在这里,那时他和刚满两岁的儿子站在窗前看着雨后的彩虹,乐乐伸出小手叫着去抓;妻子依偎在他胸口一起看电影;他们那些缠绵爱恋的时刻……这里既是幸福的起点,也是幸福的终点。

　　今天是娜娜的生日,下着小雨,他强迫自己去见了两个客户,结束时已经是晚上六点多了,就来到附近的一家酒吧,吃了一块蛋糕,喝了几瓶啤酒,坐在那里看着带轮子的机器人服务员不时穿梭着递送酒水。

　　酒吧的人渐渐多起来,变得有点嘈杂。他喜欢这样的环境,要是有几个人挥舞着拳头和酒瓶就更好了,也许他也可以加入其中,被人痛打一顿也好过一个人的空虚、无聊。

他喝第四瓶啤酒的时候,一个穿着时尚、肤色白皙的年轻小姐在他对面坐了下来。他微微皱了皱眉,用疑惑的目光看着她。

"可以坐吗?"她看起来很迷人,微笑的时候有两个浅浅的酒窝。

他环顾四周,似乎没有什么空位,就苦笑了一下。

"这是你喝的第四瓶酒了吧?"她唐突地拿起啤酒看着上面的牌子。

他一时不知该怎么回应这个问题,接过酒瓶又喝了一口。

"一个人?"

"现在不是了。"

"抱歉,今晚人可不少,没有空位了。"她说话时眉毛向上挑着,旁边两个刚才在亲吻的年轻人站起身,拉着手往外走去。她仿佛没有看到一样,收回目光,向后靠在座椅上,看着有些窘迫的马科。

"我是古丽,你是?"

马科迟疑了一下,才回应道:"马科。"

"马科?"她像在确认似的小声重复了一遍。

"我们,认识吗?"他打着手势,尽量显得不那么生硬。

"现在不就认识了。"她模仿着他的话,调皮地说道,又笑起来。他堆起嘴角,挤出一丝尴尬的笑容。

"不想请我喝一瓶吗?"

马科只好接着问道:"想喝什么?"

她指了指啤酒,"我要冰的。"马科按下镶嵌在桌子上的菜单,又点了四瓶,将剩下的一点喝完。古丽反倒安静下来,撩了撩耳边的发丝,似乎想起什么。

她拿起啤酒向他示意,他只好举起来和她虚碰了一下,她却伸过来当地碰了一下。

"谢谢你请我喝酒。"她说着,喝了一口。

"不客气。"

"你就应该和我一起喝酒。"

他歪着头看着古丽,露出疑惑的神色。

"两个空虚的,无聊的,孤独的,干巴巴的,人。"她把每个词都说得重重的,尤其是"人"字。

"你也空虚无聊吗?"

"是啊!我失恋了。"

"哦,好事啊!"他突然笑起来,举起酒瓶,"庆祝一下吧。"

"祝我的下一任早点到来。"

他们碰瓶,古丽一口气喝了半瓶酒。

"你呢?"她问。

"没什么。"

"我觉得你是个有故事的人。"

"是吗?真没什么,就是无聊而已。"

"给我讲讲你的故事吧。"

"真没什么值得说的。"

"好吧。"她又举起酒瓶,"无聊的人敬没故事的人!"

他把剩下的半瓶喝掉，她却又将一瓶酒一饮而尽，眼圈突然红起来。

"没什么，都会好起来的。"他轻声安慰道，自己也暗自叹了口气，又点了四瓶酒。

各自喝完了四瓶啤酒后，他们已经像认识多年的老朋友一样了。

"我喜欢你这样的人。"她醉眼乜斜着说道。

他苦笑着，摇了摇头。

"真的。我已经腻烦透了那些肤浅的、自以为是的小年轻。"她用酒瓶指点着不远处座位上的几个夸夸其谈的年轻人，说道。

"都差不多。"

"不一样。你就和他们不一样。"

"那是因为你不了解我。"

"我相信你不会和他们一样。"

"喝酒吧。"他举起瓶子。

他俩拎着一打啤酒坐在电梯里，望着外面熟悉的夜色，马科有些后悔把她带回家。古丽几乎是扯着他的胳膊靠在他身上。

进到房间里，她惊奇地看着那些像古董一样的家具和装饰，"哇！你家真漂亮，设计师的想法真是与众不同！"

"没什么，我只是喜欢一些老物件，恰好我自己就是设计师，不至于摆得太乱。"

"等以后我有自己的家也请你设计吧，设计得特别一点，我喜欢那种神经质的色彩和对比强烈的风格，我真是太喜欢这里了。"他阻止她去摆弄一串昂贵易碎的老式风铃,把她拉到沙发边。

"不行,我要先去下卫生间。"她顺着他的手指,踉跄着进到卫生间,待了十几分钟,出来时脸上还挂着没擦净的泪痕。他进去时里面还有一股呕吐物的秽气,打开排风,把胀得有些隐痛的膀胱排干净,看着镜子里的自己,双眼通红,神情委顿,自己这是怎么了?

他们又开始喝酒,马科的话渐渐多起来,几个月来淤积于胸的苦闷终于倾吐而出。

"想听听我的故事吗?悲惨的故事。"

"我在听着呢。"

马科给她看一家人的照片,然后喘着粗气说:"五个月前,我还拥有一个这世界上最幸福的家庭,漂亮、充满爱心的妻子,聪明可爱的儿子,然而,上帝派来了一个吸毒的疯子,在下着暴雨的晚上飙车。他本该有各种各样应得的死法,吸毒过量掉到阴沟里呛死,葬身火海,从摩天塔飞出去,可是……"他哽咽着,摇着头,"他偏偏撞到我们。"

"太不幸了。"她握住他的双手。

"你知道当时我在干什么吗?我他妈在把横在路上的树枝搬走,我要是晚走两分钟,他就会直接撞到树枝上,掉到桥底下摔死。"他恨恨地说道,抽出手,拿起酒瓶喝了一大口。

"你是个好人。"

"这就是好人的报应。我的妻子和儿子走了,而那个疯子却活了下来。经历这么多事,你觉得这个世界公平吗?值得我们去爱吗?"

"我不知道。我没有经历过那么深的痛苦,不过命运自有它的安排,我们都在接受它的考验。"

"你不知道第一个月我是怎么过来的。"

"一定很痛苦,我能感受到。"

"公司给我放假,我每天都在外面喝得烂醉,一回到这里就能看到他们在无助地望着我。多少次我都站在窗前,我很羞愧自己没有勇气跳下去。"

"我为你难过,不知道该怎么安慰你。幸福总是难以持久的,这也许就是生活的本质吧。"

"不用安慰我。我讨厌那些刻意的同情和安慰,现在公司里的人当我的面连家庭、孩子都不提,我被排斥在正常交往之外,成了一个不幸的标签。谁要是遇到烦恼、痛苦,就看看马科吧!你那点痛苦算什么,人家那才叫痛苦!你这顶多就是无病呻吟。哈哈!"

古丽拿起酒瓶和他碰着,"向经历痛苦的人生致敬!"

"既然不能摆脱,就只有承受。为懦弱者干杯!"

他们又喝了几瓶酒。她坐到他身边,双手搂着他的脖子,轻声问道:"今天让我来陪你吧?"

马科依稀觉得是娜娜在向自己微笑,额头抵着他的额头,在和他说话。他略微迟疑了一下,亲吻着她有些发烫的脸颊,她像条蛇一样紧紧箍住他的身体,将他心里的欲望重新唤醒。他们喘息着交叠在一起,灯光暗下来,夜色阑珊,在朦胧中渐渐远去。

05

"叮咚，叮咚"，马科从昏睡中被一阵铃声惊醒了。温暖的阳光斜洒在地毯的边缘，他迷迷糊糊翻了个身。过了几秒钟，铃声又响起来。他按下沙发扶手外侧的视频开关，一个穿着制服的快递员出现在门禁显示器里。

"你好！"

"你好！联邦速递，有马科先生的货物。"

"放到楼下吧，我一会儿去取。"

"需要您亲自验收。"

"那好，上来吧。"

他揉了揉眼睛，躺着想了想，想起古丽，昨夜的宿醉和尴尬……还有什么？他立刻翻身坐起来，到各个房间里看了一遍。她不知什么时候已经走了。手机提示有未读信息。"播放。"他说道。手机里传来古丽有些低沉的声音："谢谢你的故事和酒。你这一生就该和她在一起。上帝对你关上一扇门，也为你打开了另一扇。希望

定制时代
Custom Age

你永远快乐！再见！"

宿醉让他浑身乏力，口干舌燥，他用淡而无味的啤酒漱了漱口，不禁一阵恶心，吐了两口黏痰。他在水壶里烧上水，用冷水洗了洗脸，这时门铃响起来。

他把门打开，一个年轻的快递员站在那儿，身边立着一个差不多和他一样高、底部装着四个轮子的绛紫色长条金属箱。

"您是马科先生吗？"快递员微笑着问。

"是，这是给我的？"

"是您的，请在这里签名。"快递员边说边将电子签名器递过来。

马科疑惑地看了眼货物，伸出左手食指按在闪动着"签名"的屏幕下方，屏幕上随之显示出一个绿色的对钩。

"我帮您送进去吧。"快递员抓住两侧的扶手让箱子倾斜下来。

"不用了，我自己来吧。"

"好，"快递员将箱子倾斜着转向马科，让他接住，"上面也有可弹出的扶手。"

"谢谢！"

"有什么问题请与公司联系，再见。"

"好，再见。"

马科把箱子拉到客厅，平着放下时有些沉重。他看着上面的"新希望"和闪着蓝色幽光的LOGO，脑袋里还是有些混乱。在箱子正面的最下方有一行启动说明：打开—信息核对—DNA验证、视网膜验证—启动。

他用右手中指触动启动键,轻微的一点震动传到手上,他又按了一下,又是一阵震动,第三次再按时,上面的八英寸小显示屏慢慢亮了起来,显出"请使用正确的指纹"。他想了想,换成左手食指,几声轻微的噗噗声响起,从侧面缓缓弹出三个弹簧,显示屏上浮现出繁星点点的宇宙景象,并慢慢旋转起来,最后无数的星光汇成了蓝色的 LOGO 和下面的"希望,无处不在"。

"希望无处不在。"他在心里默念道,暗自叹了口气。

"嗨!我是娜娜。"一个女声传了出来,他像被强电击中了一样,心里一阵翻腾,连视线也模糊起来,显示器上面显示出的姓名、年龄、身高、体重、肤色、发色、发质等介绍,马科都没有注意。

一些记忆的碎片在脑海里闪烁不定,"智能人定制""广告"……

他给古丽发了一条信息,立刻收到回复:"看来你喝得太多了,是你看到广告说要定制一个,然后应该是我帮你操作的,我叫醒你几次,你都说'好'。我知道你需要她,希望没让你失望。"

他坐在沙发上有些不知所措,那个新希望集团,智能人,定制,"他们是我们的未来"……现在,一个正躺在箱子里的定制智能人,他的妻子,娜娜的复制品,另一个娜娜,正等待被启动,进入这个充满忧伤的家,成为一位新"成员"。

"怎么办?"他走到窗前,望着远处楼宇上变幻的全息投影广告,心潮起伏,一筹莫展。"它,她会怎么样?认得自己吗?自己将怎么对待她?一个机器人还是一个人……问题是,她知道自己是谁吗?"那个和娜娜、乐乐一起看的新希望公司设计师的访谈,多半是事先策划好的,不然不会那么完美。

他又犹豫起来,突然想起什么,回身拿起垃圾桶将桌子上的酒瓶、废纸都扫进去,将沙发收拾干净,又到卫生间对着镜子将自己整理了一下。

DNA和视网膜验证通过后,金属箱的盖子缓缓打开,他深吸了口气,在心里说道:"亲爱的,我来了。"

他看着她的身体一点一点显露出来,穿着运动弹力裤的匀称小腿,胳膊,棕色的耳朵,黑色的头发,半个脸颊……一张奇怪的脸庞完全出现在他面前。

"天哪!"他在心里惊呼了一声。

"启动倒计时,10、9、8……"那个女声开始数着数字。马科手忙脚乱想让它停止启动,却不知道该怎么操作,急出一头汗。

"亲爱的,都几点了,你怎么没去上班?"她坐起来,睁开眼睛,从金属箱里走出来,看到他,奇怪地问道。

"嗯,休息。"

"怎么不把箱子放起来?"她看到脚边的金属箱,又问道。

"对不起。我想可能搞错了。"他赶紧把箱子合上,用脚推进沙发底下,尴尬地说。

"什么搞错了?"

"你不是我定……对不起,我不认识你。你可能也不认识我。"

"开什么玩笑!我怎么会不认识你,你不是马科吗?"

"是,我是马科,不过你是?"

"我是娜娜啊！"她大惑不解地看着他，抽了抽鼻子，又问："你是不是喝酒了？"

"我是喝酒了，不过是昨天。应该是弄错了。"

"什么错了？你怎么说话颠三倒四莫名其妙的！"

"我不知道该怎么和你解释。请等一下，我打个电话。"他弯腰去拉沙发下的箱子。

"你看到我的手机了吗？"她问，转身走到柜子那儿拉开抽屉，翻了翻，看到一张照片，拿起来看了看，又问，"这是谁？"

马科按照箱子上的号码拨着电话，听到她问，抬起头看到她拿着自己和娜娜、乐乐的一张合影，只好说："这是我妻子和儿子。"

"你妻子？"她不解地问。

"是的，我想我们之间应该有些误会。"

"你还有孩子？"

"有。"他沉重地说道。

"我是谁？不是你妻子吗？"她的表情显得很痛苦，又迷惑，又委屈。

"对不起，我先打个电话，他们应该是搞错了。"

电话里传来问候的声音，他走到窗前，压低声音说道："我昨晚定了一个机器……不是，定了一个智能人。"

"您收到了吗？"

"收到了，不过有些问题。"

"请问什么问题？技术问题还是设置问题？您能向我描述一

定制时代
Custom Age

下吗？"

"我不知道到底是什么问题，可能是你们搞错了。"

"哪里不对呢？"

"很多地方都不对。"

"先生，我们是按照您提供的信息定制的。是不是您提供的信息有误？"

"请不要打断我。我不知道是什么原因，我昨晚喝了很多酒，一个朋友帮我定的，可能有些信息不对，我不好和你解释，因为这个智能人现在就在我旁边。你自己看一下就明白了。"他说完，走到还在翻着抽屉的她身边，说，"请帮我一个忙。"

"你是怎么了？我的手机呢？"她转过身看着他。

"等一下再说手机的事，麻烦你拿着这个。"他把一家三口的合影递到她的手里，让她拿在下巴下面，打开手机视频。

"这是我和家人的合影，这是你们的……"他用手机对着她，尽量用平和的声音说道。

"哦，对不起，可能是哪里出了问题。我马上让技术部门联系您。您能先关闭她吗？"

他对她说了声"sorry"，又走到窗前，低声说："第一，我不知道怎么关闭；第二，请不要当着她的面说什么'关闭'之类的话。"

他按照电话里的指示，在她转过身"关闭"她时，她正踮着脚尖，扬着手去拿柜子上面的什么东西。

他坐在那里，看着静止不动的她，很像自己大学时创作的一座雕塑，当时自己的构思是"方向"，最初是做了一个男人的形体，后来觉得这可能会冒犯女性的权利意识，所以最终选择了一个女性的形象，站在废墟上，正在张望。这个原本平庸的设计由于她朝向不同方向的三个镂空的脑袋而变得与众不同。雕塑最终得到了学校年度设计银奖，他还因此接受了焦距新闻的采访，娜娜就是从那时开始关注他的。后来他又复制了一个《方向》的微缩版，模特就是娜娜。他们终于在一个美丽的夜晚倒在设计室的地毯上，他用颤抖的声音对躺在怀里的娜娜说："我要永远拥有你！我无法想象没有你的世界会有多么灰暗。"

"我会永远都和你在一起。"她眨着美丽的大眼睛说。然后，他们又开始做爱，那种不掺杂肉欲的渴望让他知道眼前这个漂亮的小姐就是自己梦想中的伴侣。

在埋葬了他们一周之后，马科自己来到墓地，跪在墓前，双手扶着光滑的墓碑，哭泣道："我无法想象没有你们的生活，告诉我，我该怎么办？"

他把她恢复到标准的站姿，抱着她放进金属箱里，看着躺在箱子里的她，安详得像在一个棺椁里，箱盖缓缓合上时，让他突然觉得很是憋闷。

"对不起！"他在心里说道。

06

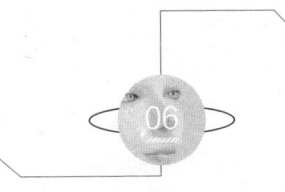

清晨起来,马科接到爸爸的电话,把约定去墓地的时间推迟了四十五分钟。他看了看时间和天气,还有两个小时,就预约了七十层护理院的理发。他把脏衣服放进洗衣机,洗漱完毕,下到七十层把头发理好,在一楼拿上一束预订的百合和乐乐最喜欢的新出品的"超人",这才开着车向郊外的墓地驶去。

在墓地停车场,他看到爸妈的深灰色汽车已经停在那里,就拿着花和玩偶,沿着浓荫掩映的石板向墓地走着,"是不是要和爸妈知会一声?"

转过弯,望见爸妈静静地站在那里,爸爸扶着妈妈的肩头,妈妈用手巾擦着眼睛,微微地摇着头。

"爸,妈。"他走过去和他们拥抱示意,将花和玩偶放在墓前,站在那里怔怔地望着妻子和儿子的照片,心里暗暗说道:"我来看你们了,你们在那里还好吗?"

过了一会儿,爸爸轻声道:"要是没事的话,咱们一起去离这里不远的餐厅吃午饭吧。咱们也两个多月没有在一起吃饭了。"

"好，不过我下午有点事，不能耽搁太久。"他不好拒绝爸妈的好意。

刚到午餐时间，餐厅里已经有一些人坐在那里用餐。他们选了一个靠窗的四人位，各自点了份简餐和饮品。

"孩子，你怎么样？"妈妈摸着他的手关切地问。

"还好，一切正常。"他露出淡淡的苦笑。

"那就好。"妈妈这次发现儿子的状态比上次见面好了一些，心中略感安慰，"我昨天做梦还梦到他们都回来了，咱们一起去郊区野餐，乐乐吃了很多蓝莓，舌头都染蓝了。"妈妈说完又擦起眼睛。

"都过去了，您也保重身体。"他安慰了妈妈几句。服务员把三份简餐端了上来，他们默默吃了一点。

"你不考虑换个房子吗？你爸爸的一个朋友，就是在政府机关的张先生有处房子，独栋的，本来是留给他儿子的，因为孩子的一个新发明被一家大公司收购，现在有钱了，已经在西边的富人区买了一栋大别墅。虽然那个房子并不算大，但是足够一家人用的，而且离我们也不远。"妈妈犹豫了一下，还是说了。

"妈妈，我说过了，暂时还不想换房子。"

"我知道你不想离开云端，可是那里有太多的回忆。而且，要是你准备开始一段新的生活，难免触景生情……"她叹了口气，不知道该怎么说好。

"我知道。"

"你考虑一下我的建议吧,那个房子真的很合适。"

"您去看过了吧?"他苦笑着问道。

"也没有专门看过。"

"我会考虑的,不过现在还不是合适的时机。"

妈妈看了看丈夫,爸爸放下杯子,想了想,说道:"我一直不知道该怎么和你说,虽然娜娜和乐乐已经走了快半年了,但是我觉得你还没有走出来。当然,我们知道你失去了什么,知道你内心无法弥补的缺失和痛苦。不过,既然我们还活着,就要往前走,也许面对痛苦最好的方式就是去开始一段新的生活。"爸爸说话时神情严肃,又显出一丝无奈,"生活总要继续,我们不能总是背负着这么沉重的枷锁,他们想必也不想看你这样。"

"您说得对,毕竟我们还在,只是我可能还需要一点时间去适应没有他们的生活,不过我现在好多了,基本恢复了正常的生活状态,开始重新工作,每天都去锻炼。所以,您二老也不用担心,我真的没事。"他突然冲动地想和他们说说。

"我们没有别的什么想法,就是希望你能早点振作起来,重新开始生活。你能理解吧?"

"当然能理解,不用担心,我只是需要一点时间。"他喝了口茶饮,望着窗外的一家人从车里出来,年轻的妈妈胸前托着一个胖嘟嘟的小孩,看样子也就一岁多,爸爸手里牵着一个四五岁的男孩儿,向餐厅走过来。小男孩儿一边走一边歪着头问着爸爸什么,爸爸突然哈哈地笑起来,妈妈也笑着。他目送着他们消失在门廊处,说道:

"时间总会带来希望。"

"我们那儿还有些乐乐用的东西,你看是不是捐给儿童救助机构?"妈妈试探着问。

"先放着吧,过些天再说吧。"

"好。"

"你什么时候有空就回来住几天。"

"好。"

和爸妈分别后,马科去女性用品店买了一套护肤品,一小瓶香水;又在旁边花店买了两枝百合,几枝红玫瑰,一个梦幻蓝色流光玻璃花瓶;还有一瓶红酒。

时间还早,他就在艺术长廊逗留了两个多小时,一位非常有名的年轻黑人艺术家展出的名为"退化"的展览吸引了他。艺术家以各种动物的形式展现着技术的进步和人性的消退,最后一幅是密密麻麻的机械生物围成一个巨大的圆圈,中间的一小块空地上矗立着一个墓碑,上面的显示屏上是一个看样子只有十几岁的男孩的影像,象征着他短暂的一生,墓碑上刻着几个大字:杰米·张,最后的纯种人。这让他深感震撼。

他在这个作品前坐了很久。那些神态怪异的机械装置,还有看起来与人类无异的面孔,命运似乎在向他做出什么启示。

将近傍晚时分,他回到家里,把顺路买的食品放进冰箱,简单吃了点东西,然后就收拾起来,将凌乱的一切恢复原状。现在,屋子已经按照原来的样子被收拾得干干净净,新买的花瓶里插着一枝百合，一朵红玫瑰，散发出沁人心脾的香气，旁边是他和妻子的合影：娜娜在他身后搂着他的脖子，歪着头露出迷人的微笑。

他洗完澡出来，启动老式播放器，*Prisoner of love* 那百年前的旋律响起来，"Alone from night to night you'll find me, Too weak to break the chains that blind me……"

马科走到沙发那里，坐下来，望着坐在面前的和妻子长得一模一样的娜娜（R），心里五味杂陈。她闭着眼睛，画着淡妆，穿着宝蓝色的外套，左手握着右手，似乎在想着什么。

一切显得那么真切，却又像是个梦境。他下了几次决心才终于叫了声："娜娜！"娜娜（R）的眼皮轻微抖动了几下，慢慢睁开眼睛。

"嗨！"他说。

"嗨！"娜娜（R）说完，露出熟悉迷人的微笑。

马科用颤抖的双手轻轻抚摸着她的面颊，娜娜（R）用略带调皮的眼神看着他。他抑制不住内心的激动，紧紧抱住她，吻着她的头发，温暖的泪水潸然而下。

马科从一个模糊的梦境中醒来时,阳光温暖,天空晴朗。他伸了个懒腰,看着旁边的另一个枕头,突然警醒过来,一骨碌跳下床奔到客厅。

窗边的餐桌上摆着两副刀叉,两个盘子,做好的早餐散发着轻微的热气,八分熟的煎蛋,几根翠绿的芦笋,一小块煎得正好的鸡排,还有两块麦麸饼。

"亲爱的,你起来了。牛奶可以吗?"娜娜(R)戴着那条蓝格子围裙,端着两杯牛奶从厨房出来,笑着问。

"好,早!"他心里涌起一股暖意,亲吻了一下娜娜(R)的脸颊。

娜娜(R)将围裙解下来,挂在衣帽架上,走到餐桌前坐下,拿起刀叉,笑着说:"你是不是太累了?睡得真沉。"

"嗯,有个设计一直没完成收尾。"

"还是那个意式风格的室内设计吗?"

定制时代

Custom Age

"对,就是那个。那个人真是太麻烦了,总是有一些新主意,一遍一遍地改,虽然他愿意额外付费,但是我已经没有任何热情了。"

"这可不像你的风格。"

"我是什么风格?"他望着她,问。

"每个设计都像是你自己的孩子,你爱你的设计,就像爸爸爱自己的孩子。不是吗?"她说着笑起来,露出洁白、整齐的牙齿,嘴角那个浅浅的酒窝里满是得意。

"是吗?我都没发现。"他勉强笑了笑,问,"你睡得好吗?"

"还好,就是做了个梦。"

"你做梦了?梦到什么了?"

"梦到我们去了一个朋友家里,回来时似乎下着很大的雨。"

"然后呢?"

"没有了。"

"就这么一点?"

"我记不起来了。"

"还有你记不起来的事情!"

"我哪有那么好的记性,只是一些模模糊糊的片段。"

煎蛋的火候很好,鸡排的味道也很棒。他喝了口牛奶,拿着杯子看着。

"是不是味道有些不一样了?我加了点蜂蜜。"

"很好。"

她也拿起牛奶喝了一口,问:"你有什么心事吗?怎么看起来心事重重的。"

"没有,我只是在想最近我们可能要去拜访几个人。"

"韩吗?"

"对,后天就是鹿鹿的生日,每年咱们不都在一起聚聚嘛,前几天韩还特意又叮嘱不要忘了。"

"鹿鹿真是个可爱的孩子。"

"她最喜欢漂亮的娜娜阿姨了。"

"我也有些想这个小家伙了。"

"时间过得真快,转眼她已经八岁了。"他想起乐乐,只比鹿鹿小两个月。

收拾完餐具,娜娜(R)说:"我们去逛街吧。"她有些兴奋。

"今天?"

"是啊。鹿鹿的礼物还没买呢,而且,我还想买两套衣服,再给你买两条领带。"

"好啊!下午吧,我一会儿要出去一趟,三点钟回来接你。"他突然想起什么,又接着说,"不过你先别和他们说,我正好要找韩问个事情。"

"那我先收拾一下,看看还要采购点什么。"

她为马科系好领带,他用右胳膊搂住她想来个告别亲吻,她却"啊"地叫了一声。

"怎么了?"他双手扶着她的胳膊急切地问道。

"没事,就是做早餐的时候烫了一下。"

"哪里?"他问。

她挽起左边的袖子,小臂外侧有一道三四厘米的红色烫痕。

"等一下。"他到装药物的抽屉里找到快速修复软膏,拉着她坐下来,轻轻为她涂抹。

"以后小心点。"涂抹完,他亲了亲她的手,为她拉下袖子。

"你要迟到了。"她笑着把他拉起来。

马科从家里出来,还是有些不放心,她看起来只像出了趟长差,现在又回到了自己身边。在决定唤醒她的那一刻,他已经将她视为自己真实的妻子,他的幸福源泉在面临干涸之际又重新被注入活水,而且最重要的是,他能真切地感受到她的爱——娜娜的爱。

他在两点四十五分的时候回到家里,进门叫道:"亲爱的,我回来了。"马科将手提包放下后,到卫生间、厨房、卧室看了看,都不见娜娜(R)的身影,不禁有些焦急,回到客厅坐下,才发现门边的留言板上写着:"我去健身房了,你要是先回来就等我一下。吻你!"

站在巨大的弧形落地窗前,从云端望下去,低处错落密布的灰白色调的建筑像是经历世纪浩劫后的废墟,向远处延展至地平线的尽头。他兀自心神不宁,又不知道该不该去健身中心看看,只好安慰自己:"不用担心,她能应付得来。"

过了一会儿,娜娜(R)终于回来了,穿着那套深灰色的紧身运动衣,清爽的马尾,手腕上还戴着那个蓝色的护腕,唇边还有些细密的汗珠,一进门就笑着说:"是不是着急了!"

"不急。"他吻了吻她。

"我怕你着急就没有在那里冲澡,等我一下,二十分钟就好。"

"不急。我正好看看新闻。"他一边说,一边打开手机网页浏览着,突然弹出一则重要新闻:"我们刚刚得到火星垦发部的消息,在火星的定居点项目取得重大突破之际,火星垦发部与新希望公司达成合作协议,由新希望公司提供第一批一百个智能人到火星进行为期一年的居住生活实验。使用智能人可以避免人类受到不稳定太空环境的伤害,而且在数据收集方面具有人类无法比拟的优势。火星垦发部希望在下个月完成这一实验部署,预计在三个月内发射最新、速度更快的飞船,运送这一百名智能人前往火星,这样飞船就会在地球距火星最近时抵达,这也是测试飞船性能的一个绝佳方案。这一协议可能将大大推进项目进度,缩短人类想要长期定居火星这一愿望的实现期限。我们推测在这一百个智能人中应当会有相应的科研人员的替代者,譬如火星定居项目的总设计师F先生,不知道F先生在地球上看着在火星上生活的自己会有怎样奇妙的感受。稍后,我们将会为您带来更多相关详细报道。"

马科没想到定居火星的进展会如此迅速,韩曾说如果在他有生之年实现火星永久定居的话,他将申请做第一批定居者,"那时候你可要叫我'火星人韩'了!"美日并没有支持丈夫这个疯狂的想法,她戏谑道:"我可不想跟着一个退休大律师到不需要法庭的火星上去种地。"

移民火星?他在脑海里想象了一下,漫无边际的红褐色陆地,微小如蚁山的人类定居点,特殊的防护服和面罩……人们在那里似乎并不是为了生活，而是为了探险——太空生存探险。对于一向讲求生活品位的马科来说，人是地球的生物，离开目前还生机盎然、色彩绚烂的地球，到宇宙中去做太空游荡者，无异于是一种人性的流放，即使对于智能人而言，那似乎也是种残忍的实验。

"你想去火星定居吗？"娜娜（R）从浴室出来，打理着头发，听了丈夫的介绍，笑着问。

"我？不想。你呢？"

"我吗？有点说不好。"

"怎么？"

"如果你要去呢，我会考虑，应该会和你一起去。如果你不想去呢，我也想去看看。"

"你正好可以和韩做邻居。他可是个火星人。到时候要是想见你们一面我就要在天上飞上一年半载的喽！"

"我不是说定居，是想去看看，旅行，我们可以一起来一次星际旅行，顺道拜访一下韩，哈哈，多有意思！"

08

他们进到高速电梯里，站到三个人的后面，电梯下行时突然摇动了一下，娜娜（R）下意识地扶住马科的胳膊，他伸手将她搂住，亲了亲她的头发。在四十七层上来两个打扮怪异的年轻人，面对面站着，女孩子涂着绿色的指甲，戴着镶着碎钻的骷髅头大戒指，涂着白色的唇膏，一条从额头贯穿到下巴的红色细线像一道伤疤把她的脸均匀地分为两个部分。男的半边头发都理光了，另一侧的头发留得挺长，从中间向一侧顺直地垂下去，用奇怪而无礼的眼神看了看娜娜（R）。电梯里的人都默不作声，似乎在等待什么。他将妻子搂得更紧一些。

车子驶到他们面前停下来，他拉开车门，刚要坐进去，娜娜（R）在后面说道："我来开吧。"

"我来吧，你先休息一下。"马科说。娜娜（R）顺从地坐到副驾驶位上，安全带缓缓地自动扣上。

"今天是有点运动过量了，我开始学习巴西柔术了。"

"哦，我以为你只是跑步去了。"

"本来打算跑步，不过今天健身中心请了一个柔术世界亚军做示范，真的厉害，只要倒在地上，他就会就像条蟒蛇死死缠绕住你，中心几个教练和他对抗，都坚持不了两分钟就投降了。"

"你也尝试了吗？"

"我只是报名了，然后教练简单教了几个动作。"

"你真想学习巴西柔术？巴西柔术是什么？艺术体操？"

"不是体操，是……怎么说呢？类似于柔道，简单说就是柔道加上摔跤。"

"听着有些暴力啊！"

"单纯的巴西柔术没那么暴力，就是有很多技巧。我想达到紫带的水平，到时候我就可以随意把你降服了，嘿嘿，想想就高兴。"

"这是你的最高理想吗？紫带是什么水平？"

"应该是中高水平，要么你也去学学吧，我们正好可以一起练习。"

"算了，我可不想每天和你在家里摔来摔去的。"他笑道。

他们把车驶到停车升降平台上，然后去了旁边的HK定制服装店，一位熟识的女店员走过来，微笑着问候道："您好！又见到您了，好像很久没有光顾本店了。"

"哦，我们最近……"

"是吗？以后我们会常见的。"娜娜（R）笑着道。

"这几个月我们又有了不少新品，我带您看一看，请跟我来。"

"谢谢！"她挽着马科的胳膊跟着女店员走到里面的展厅。

几十件裁剪得体、做工精致的展品穿在机械模特身上,每走到一个展品前面,模特就自动做出掐腰、扭胯、举臂、转身等展示动作,旁边的屏幕上娜娜(R)穿着展品的影像随之出现。娜娜(R)在一件靛青色半长款上衣前仔细地看着,问道:"这件怎么样?我喜欢前面和腰部的线条。"

"和你很般配。"他看着屏幕里妻子穿着这件上衣漂亮的样子,由衷地说道。

"我还是想亲自试穿一下,请给我拿一件试一下。"她说着,把手包递给丈夫。

"怎么样?漂亮吗?"她穿着新衣从试衣间走出来,在他面前优雅地转了个身,"就是腰部略微有点松。"

"太漂亮了。"

"把这里稍微收一厘米吧。"她捏着腰部两侧的衣服,对女店员道。

"好的。颜色呢?还有驼色、藏青色和酒红色的,不过我觉得还是靛蓝色最配您的气质。"

"就这个颜色吧。"

"好,十分钟后就可以取了。"

"你们的时间又缩短了?"她问。

"是的,引进了新机器,缩短了五分钟。"

他们又接连逛了六七家服装店和鞋店,她拉着马科的手使劲儿想把他拉进另一家户外用品商店,他使劲儿向后拖住她,央告道:

"饶了我吧,我真走不动了。"

"哈哈,这才逛了几家啊!"

"我们先去吃东西吧,一会儿还要去看歌剧呢。"

"好吧,好吧,下次我还是约美日一起吧,我们可以一整天都不休息。"

"想吃什么?"

"还是去菊子料理吧。"

他们随着人流往前走了不到两百米,她看着黑色的"菊子"布幡,指着旁边的文身店,问:"这里原来不是一家非洲首饰店吗?"

"是吗?"他含混地应道。

她点了最喜欢的鳗鱼、三文鱼片、鱼子寿司和汤,又帮他点了柠檬汁烤青鱼、怪味虾、青豆饭、蛋羹和汤。

"我可以学学做日本料理。"点完单,她说道。

"你最好还是先学学面点吧。"他打趣地回应。

"哎!我真是没有做面点的天分,每次都一塌糊涂。"

"你做什么都好吃。"

"真的?那我明天给你做面点吧。"

"算了,你还是学学日料吧。"他们哈哈地笑起来。看着她的样子,马科心底涌起一股暖流。

"你喜欢现在的生活吗?"他们祷告完,马科问。

"当然,你不喜欢吗?"

"当然喜欢,你喜欢的就是我喜欢的。"

"对了，韩介绍的那个设计进展得怎么样了？"

"还算顺利，不过雇主想要更多的自动化设置。你知道，我一向对机械和自动化不很热心，所以有点头疼。"

"科技从来都是和惰性紧密相连的。既然他当初选择了你，就应该了解你的设计理念和偏好。"

"我更想把额外的沟通时间省下来陪陪你。"

"你是怎么了？怎么突然变得这么黏人了？"她调侃道。

"没什么，就是最近一段时间有点太累了，过几天就好了。"

吃完了主餐，他们喝着汤，她想起了歌剧的事，问道："歌剧是全息的，还是现场表演？"

"现场表演，所以很难得。"

"哦，其实也没什么特别的不同吧。"

"看起来差不多，关键在于你知道他们就在你面前。"

"主演是那个最近爆红的歌唱家吗？艾雅？"

"爱玛。"

"在健身中心还看到她拍的公益广告，很有爱心的一个人。"

"这部《托斯卡》据说摒弃了所有的电子设备，完全复原一百多年前的表演模式。"

"你就是喜欢怀旧。"

"我只是喜欢更符合人性本真的东西。"

"你喜欢的就是我喜欢的。"

他们从歌剧院出来时天已经暗下来，无数的霓虹灯闪烁、流动着，勾画出夜的轮廓。

"真是一种笨拙又可敬的表演方式。"他搂着她的肩膀边走边评论。

"那段'为艺术，为爱情'的咏叹调演绎得太完美了，太让我陶醉了！"她紧紧依偎着马科，还在为爱玛精湛的表演感叹着。当唱到"我衷心地，爱护一切生灵，对待世界上，受苦的人们怀着热诚"时，他看见她眼里噙着泪水。

"我就是喜欢她歌唱时的真情流露，既不刻意也不过于压制，让你真切地感到只有爱才是值得完全付出的。"他也感叹道。

他们在玩具店给鹿鹿挑礼品的时候，腕表震动起来，他看着屏幕上闪现的韩的头像，想了想，接通了视频。

"喂？美日让我再和你确认一下，你明天能过来吧？"韩靠在沙发上，说着将镜头转向身边的美日。

"当然要过去了，怎么可能错过鹿鹿的生日呢！"他笑着说。

"嗯？你心情很不错啊！"韩有些诧异。

"放心吧，明天我们会准时到的。"

"你们？哦——是不是有新动向了啊！"韩把"哦"拉得很长，很兴奋的样子。

"是啊！我们在逛街给鹿鹿准备好玩的礼物，来，和他们两个讨厌的家伙打个招呼吧。"马科边说边把镜头在上方的礼品上扫着，然后突然转向娜娜（R）。

"嗨！你们好！"娜娜（R）冲着他们摆手打着招呼。

"啊！"视频里的美日双手交叠地捂在嘴上，情不自禁地发出一声惊呼，跟着镜头摇晃起来，转向别处。

"对不起，对不起。"韩重新把镜头对准自己，脸上还留着惊惑的表情。

"好了，明天见！"马科笑着，娜娜（R）也跟着道别。

"明天见，明天见。"韩关闭了视频。

"美日怎么了？"娜娜（R）拿起一个机械变色龙，不解地问马科。

"看见你太激动了吧！"

"不至于这么夸张吧！"她笑着说。

"惊喜无处不在。"他也笑着道。

她挑了几个礼物，又指着一个会变装的芭比娃娃，问："这个怎么样？"

"我还是喜欢给她买几本书什么的。"

"我们各自挑自己的礼物吧，我要这个芭比娃娃了，小女孩现在应该开始学习打扮自己了。"她说道。

"好，听你的。"

09

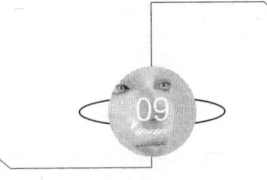

"今天真是太兴奋了！"娜娜（R）一进到屋子里就飞身一跃倒在沙发上，使劲儿伸了个懒腰，"真是完美的一天！"

"一身臭汗，我去洗个澡，你自己先回味回味。"马科将几个手提袋放下，活动了一下脖子，调侃道。

"哈哈，好，亲爱的。"

他站在浴室的镜子前，听着哗哗的水声，望着镜子里有些消瘦的自己，时间过得真快，一转眼已经半年了，那些轮番折磨他的痛苦的白天和夜晚已经流走了。

"马科，现在，你快乐吗？"

"是的，我很快乐。"他用双手捂住面颊从上到下使劲搓了搓，与她在一起的时间越长，这种感受愈加强烈。

水放好了，他慢慢脱完衣服，躺进牙白色的厚边陶瓷浴缸，微微晃动的水流簇拥着他，温暖着他。浴缸边的三层浴台上规整地放着洗护液、毛巾、浴巾。这里曾经终日摆满了大大小小的酒瓶，空的、半瓶的、整瓶的，从上到下，满满当当。那时浴室里漂浮着水汽、酒气，还有呕吐物难闻恶心的气味儿，他则躺在浴缸里，有时放满了水，有时没有放水，直到喝得醉眼蒙眬，气喘不已。

作为一个保守的人，突然有一个机器人、仿生人、智能人，成了他生活中不可或缺的存在，对于他来说无异于更换了信仰。奇怪的是，他在重新定制上传娜娜的所有图片、音频和视频资料时，竟然没有什么顾虑。这让他深感震惊，自己是如此急切、如此渴望她重获新生。

当韩把表妹丽丽的一小段影像发给他时，他看着年轻、漂亮、充满活力的约会对象，有那么一刻也为之心动。他们约在MOMA的咖啡厅。在赴约的路上，他的信念不断在动摇，一段新的恋情，一个新的家庭，孩子——这仿佛在重新构造他自己一样。

丽丽很健谈，而且善解人意，巧妙地避开他的不幸遭遇。他越来越觉得尴尬，横亘在两人之间的关于他的那些不幸让他显得渺小、可怜。

"抱歉，我的生活很不幸，直到现在我仍旧没有从中脱开身来，我不知道你是否介意？"他说的是实话，但是她没有洞悉这一点，他需要她的帮助。

"我不介意，过去的就让它过去好了，我相信未来的美好。"她的话避重就轻，听起来索然无味，像外交部发言人常挂在嘴边的外交辞令。

"她是不是已经开始后悔这次被刻意安排的约会了？"他想。

她把话题转到他的设计上，说了一会儿，马科又把话题转到她的环球旅行计划上，最后两个人客客气气地站起来告别，还握了握手，他目送着她快速消失在廊柱后面，长吁了一口气。

"真是抱歉。是我的问题。"他过了两个小时给韩发了信息。

"她一直喜欢你的设计风格。"韩回复道。

"仅此而已。"他在心里想，回复道："可能我还需要一些时间。"

现在，他没想到幸福来得如此之快，如此完美地呈现在自己面前，这让他深受感动。他拿起旁边的一小瓶苏打水喝了一口，微小的气泡在嘴里发出轻微的沙沙声。

他想起韩和美日惊诧的样子，不禁笑起来。他并不担心他们不理解。韩是一个科技主义者，他的家族里都流行技术崇拜，就连鹿鹿都沾染了那种习惯。

娜娜（R）轻轻敲了敲门，问："亲爱的，我要喝点红酒，你要一杯吗？"

"好。"

他穿着睡衣来到客厅，走到坐在窗边的娜娜（R）那里，亲了亲她。她倒了一点红酒递给他："我也去洗个澡。"

他端着酒杯，扭头看着她向浴室走去，一步、两步、三步……扭动门把手，推门，进去，轻轻关上门。

他又给自己倒了一点酒，收到韩的两条信息："方便吗？""算了，明天见面再说。"

他想了想，拨打韩的电话，过了有十秒钟，传来韩的声音："方便吗？和你说几句话。"韩把"你"说得略重了些。

"方便，娜娜在洗澡。"

"我和美日只想对我们的不礼貌向你们表示歉意。你应该事先告诉我才对。"韩不好意思地说道，"现在，我们郑重邀请你们明天参加鹿鹿的生日聚会。"

"谢谢！不用放在心上。我和娜娜明天会准时过去。"

"我不知道该怎么说，真为你，为你们高兴，真的。"

"谢谢！我也是。"

"那明天见。"

"晚安！"

娜娜（R）穿着那件新买的墨绿色丝绸睡袍，头发挽在脑后，笑意盈盈地走过来，在他身前转了个圈，问道："怎么样？"

"你真漂亮。"

"你今天已经夸过我多少次'漂亮'了！是不是做什么坏事了？"她拉着马科的手，就势坐在他的腿上。

"是吗？很多次吗？"他瞪着眼睛看着她。

"很多次了。"

"你不喜欢吗？"

"我是觉得你应该增加自己的词汇量了，哈哈！"

他笑着，看着她，由衷地说："你真漂亮！"

娜娜的脸庞红润、温热，浑身散发着那股熟悉的香味。他捧着她的脸，轻轻抚摸着她的下巴、面颊、鼻子、耳朵，感受着她微微发热的脸庞。她双手围住丈夫的脖子。两个人轻轻地亲吻着，呼吸逐渐粗重起来。他的心跳越来越快，就像他们第一次约会时一样，心中激动难耐，充满了爱欲，仿佛整个世界的快乐都降临在他们的身上。

　　他抱着她站起来，走到沙发那里。她仰面躺着，伸手解开头发，挪动了一下，让自己躺得更舒服些。他们又开始亲吻着，抚摸着，喘息着。天棚的灯光慢慢暗下来，变成暧昧的浅紫色，像远在天际的星辰，望着这对欢爱的人。

10

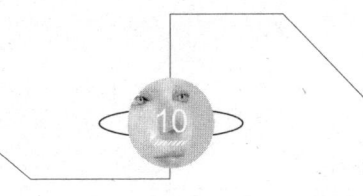

停好车，马科和娜娜（R）拿着礼物和鲜花向门口走去，按响门铃，马科稍微用力搂了搂娜娜（R）的肩膀。

"嗨！"韩从小院子里走出来，打着招呼，先和马科用力握了握手，略显迟疑地和娜娜（R）拥抱了一下，用复杂的眼神看着娜娜（R），"还是那么漂亮！鹿鹿，你看谁来了！"

鹿鹿从屋子里跑出来，张开双臂喊着"娜娜阿姨"，扑了过来。娜娜（R）蹲下身抱住她，亲了一下："有没有想阿姨？"

鹿鹿看着她说："想了。你去哪儿了？怎么才来看我？"

娜娜（R）笑着说："阿姨出国了才回来，这不是来看你了吗？"

鹿鹿伸头往他们后面看了看，问："乐乐呢？"

"嗯？"娜娜（R）转头看着马科，露出问询的神色。

马科赶紧将手中的礼物递给鹿鹿，道："叔叔送你的，拆开看看喜欢不喜欢？"

进到屋子里，美日擦着手从后面出来，笑着道："快来快来！

鹿鹿盼你们一上午了。"接过娜娜（R）递过来的鲜花，亲热地拥抱她，说道，"想死我了。"

娜娜（R）帮美日把花插到花瓶里。美日拉着她坐到沙发上，韩只好摊着手笑着问："你们要喝茶还是咖啡？"

"我要咖啡。"马科冲着娜娜（R）扬起眉毛。

"我还是喝柚子茶吧。"娜娜（R）笑着道。

"加蜂蜜还是冰糖？"美日问。

"一点蜂蜜。"

"我也要喝蜂蜜柚子茶。"鹿鹿对妈妈说。

"一会儿调好了，阿姨给你倒一点好吗？"娜娜（R）探身对鹿鹿说道，为她整理了一下有点打卷的领子。

"你们今天是不是还要打一场网球？"娜娜（R）拉着鹿鹿坐在身边，转向韩问道。

"今天不能打球，上次和一个同事打球时，有点伤到手腕了，医生说要静养一个月。"

"你妈妈还练瑜伽吗？"娜娜（R）问道。

"好像还在坚持。"鹿鹿看着爸爸说道。

"我最近发现一个很好的锻炼项目，巴西柔术。"娜娜（R）说。

"我知道，原来的八角笼比赛常见，好像很厉害。"韩边比画边说。

"她还想练到黑带呢！"马科插话道。

"是紫带！巴西柔术的级别分白、蓝、紫、棕、黑、红黑、红白、酒红，紫带只是比较普通的级别，黑带才是很高的级别，是教练级的。"娜娜（R）纠正道。

"什么黑带？谁在练跆拳道吗？"美日端着托盘进来，笑着问。

"娜娜在练巴西柔术。"韩说。

"是嘛！是不是很厉害？"

"我也是初学，只是觉得挺有意思，对抗性比较强。"娜娜（R）说着，接过美日递过来的圆肚子玻璃杯，倒了一点给鹿鹿。

"我这么矮，还是安安静静地练练瑜伽好了。"

"我也要练瑜伽。"鹿鹿对娜娜（R）说。

"你现在还小，不大适合做太多瑜伽动作，还是多动动小嘴，多吃点，快点长大。"娜娜（R）把水杯放下，边给她编小辫子边说。

"娜娜阿姨，你什么时候带我去新开的游乐园玩？"

"阿姨看看下周有没有空，你下周六周日有时间吧？"

"有，一言为定。"鹿鹿伸出右手小指。

"一言为定。"娜娜（R）和她勾着手指，又对美日说，"正好我还想约你一起去逛街呢。"

"逛街？好啊！"美日笑得有点不自然，看了韩一眼。

用完午餐，鹿鹿拉着娜娜（R）和妈妈到小花园里抓蝴蝶，蹲在栅栏边看她种的一小片已经开花的紫莹莹的姬小菊。

马科端着半杯苏打水站在窗边，看着在小花园里有说有笑的几个人。

"我和美日一直很担心,现在都为你高兴。"韩点着一支烟,走到他旁边,拍了一下他的肩膀。

"谢谢!"

"我不知道你是什么感受,不过我觉得你重新振作起来了,和以前没有什么区别,真是太好了!"

"我不知道该怎么形容,就像一场梦一样,你曾经如此深爱的家人失散了,然后又回来了。"

"我和美日很理解你的感受。"

"说真的,我曾经很绝望,觉得原来的生活再也回不来了。你知道我是一个保守的人。对于那些新技术一直持怀疑态度,我们之间也有过这方面的争论。"马科说着,用手在他们之间比画着。

"你可不保守,只是有些传统罢了。"韩笑着纠正道。

"嗯,传统更贴切些。"

"作为一个技术主义者,我很欣赏你的转变。"

"我对技术的看法并没有因之改变,爱情有时的确会让人盲从,不过,我乐于在这方面改变自己,仅此而已。"

"所以我和美日都觉得你很了不起。"

"其实不管我怎么劝慰自己要振作起来,都没有什么效果,那种无边无际、无法摆脱的痛苦,没有经历过的人是无法体会的,我只好想这可能就是造物主的安排,是对我的考验。我本已经放弃抗争了,想就那么浑浑噩噩地过完剩下的岁月。现在,娜娜回来了,冷冷清清的家里终于又充实起来,又有了笑声和期待。她再次让我感受到了爱和温暖，僵死的心也被她复苏了。我为爱付出，现在得到了福报。"他停下来，看着一前一后追着一只蜻蜓的娜娜（R）和鹿鹿，又说道，"这可能也是造物主的安排吧。"

"你记得我曾经说过，技术终将解决一切问题吗？"

"我最近一直在思考一些问题，我一直觉得技术可能就是一个黑洞，因为恐惧技术对人性的蚕食，我用古旧的物件来装饰自己在第三共和国最现代化大厦里的家，它们会提醒我，定义我。"

韩吸了口烟，若有所思地点点头。

"我在内心更喜欢人类的有限和无助。我们的技术发展了，我们人类自身真的进步了吗？我们听的还是几十年前、几百年前的音乐，还是听披头士、图兰朵、B.B.King、迈克尔·杰克逊、碧昂斯那些人的作品。读的小说还是以前的经典。为什么？"马科看着韩，等着他的回应。韩摇摇头，没有说话。

"是人类自我完善的能力正在退化，本来这恰恰是人类进化的目的。我们都在说取得多么多么大的进步，可是进步在哪里呢？只是在娱乐和工具上不断进步。"

"这我倒是不能苟同。"

"我是说从本质上来看。当然，我不否定技术进步的作用和意义，只是它被过度夸大和崇拜了，和拜物教一样，现在是技术崇拜。"他说着，指了指韩。

韩笑着点头说："我就是其中的一个教友。我们的理想就是技术解决人类的全部问题，我们就不需要造物主了。哈哈！"

"造物的神奇是技术永远都无法穷尽的。按照你的理想,当新的造物主出现的时候,人类自身可能就消亡了——在传统意义上。而且我觉得,技术,或者说人工智能解决的永远是人类外在的问题,内在的问题,譬如,爱、恐惧、疑惑、焦虑,这些是无法解决的。"

"她实际上解决了你的痛苦,不是吗?"

"实际上她解决不了这个问题,本质在于我的认同。"

"这好像有点自相矛盾。"

"也许吧。我反思自己之所以不喜欢技术至上的论调,可能是因为自己总是以工具属性看待它们。技术是用来填补欲望的,而人类的欲望是无限的,自身肉体的能力却是有限的,你和妻子做完爱,然后还想和时下最红的黛芬妮做爱,没问题,机器可以帮你实现,给你个黛芬妮。然后,你又想和可可做爱,还想和……可你的体力是有限的,难道你再用机器去代替你实现吗?"

韩笑着比画着问:"那你们有没有……啊?"

马科不好意思地笑了:"当然有,我们一切正常。"

韩继续问:"喔!感觉如何?"

马科道:"很好。非常好。"

"叔叔和阿姨知道了吗?"韩指着他和娜娜(R),问。

"我还没和他们讲,也许现在还不是很好的时机,他们和你们不一样,我还不太确定他们能不能接受。"

"放心吧,父母对孩子的爱从来都是无私的。他们和我们一样,都希望你像原来一样快乐。"

"嗯。谢谢！"

一只花皮松鼠从树上探头探脑地爬下来，跳跃了几下，爬到石头上，倏地又不见了。鹿鹿停下来，冲着他们喊道："马科叔叔，我们捉不到蜻蜓，你来帮我们一起抓蜻蜓吧！"

马科应了一声，放下杯子。韩看着他诚恳地说："我们一直支持你！永远都是你们的朋友。"

马科拍了拍他的胳膊："谢谢！"

11

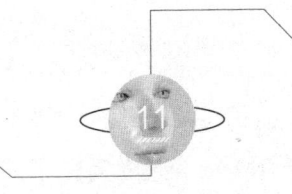

他们在韩家吃完晚餐才开车往回走,藏蓝色的天空中繁星点点,路两边的树林散发出一股只有夜晚才有的气息。娜娜(R)把胳膊架在门边的扶手上,拳头支着面颊,歪着头,夜风拂动着鬓角的柔发,她的脸上洋溢着幸福的微笑。

"你和韩都聊什么了?"她问。

"一些技术和哲学问题。"

"他一向崇尚技术,你们这两种完全不同类型的人能成为要好的朋友也是挺有意思的。"

"这个技术至上主义者,总是固执地觉得技术终将解决人类的一切问题。"

"呵呵,能吗?"

"他高估了技术的工具属性,人才是决定因素。"

"韩真是挺有趣的一个人,一个大律师,还是一个技术发烧友。"

"他们律师大都是很现实又充满疯狂想法的家伙。"

"他和你都充满幻想，但本质区别是一个现实，一个不现实罢了。"

"这正是艺术的魅力所在，也是你爱我的理由。"

"我现在更喜欢银行家了，哈哈哈。"

"你们女人总是这么重口味。"

又到了岔路口，他放慢车速，有些犹豫起来。一辆车从后面闪了两下灯，他放慢车速靠向路边。那辆车开得挺快，从他侧面嗖的一声超了过去，红色的尾灯很快就被缓坡湮灭了。他心里不由自主地有些慌乱，那些轰隆作响的雷声仿佛又在耳边响起。他转向另一条路。

"嗯？怎么不走那条近路？"她有些疑惑地看着前方，指着另一条路。

"夜色这么好，咱们也不急，慢慢转一会儿吧。"

"嗯。多美的星空啊！真想变成其中的一颗星。"

"我想变成像人马座那样的一堆，群星璀璨的样子。"

"你这是心里有难以满足的欲望的表现。"

他歪着头瞪着眼睛看了她一下，笑着说："好像有些道理。"

"我突然想去学习心理学。"

"怎么有这种古怪的想法？是想了解我内心那些难以满足的欲望？"

"你们男人的心理不用学习也一清二楚，无非就是钱色二字。我是想学儿童心理学。"

"嗯？"

"这个以后等我决定了再和你细说。"

"好好好。你们周末是要一起带鹿鹿去游乐园吗?"

"是啊!既然答应人家小朋友了就不能失信。"

"多好的阿姨啊!"

"谢谢夸奖!哈哈。我们还可以一起去逛街、吃饭,我和美日都想去吃泰国菜。"

"韩说美日可能要辞职做专职太太了。"马科将音乐声调小了一些。

"她和我说了,问我怎么看。"

"你怎么说?"

"我觉得两可之间吧,关键看你想要什么样的生活了。自由自在的生活,还是虽然单调但是却充实的生活。她有点舍不得现在的工作,还没有下定决心。"

"是吧,不过韩倒是很肯定。"

"也许美日会接受辞职的建议。"

"什么理由?"

"我想韩可能想再生个孩子。"

"哦,这倒是个不错的理由。"

"你看鹿鹿多可爱啊!像个瓷娃娃。"

"她是真喜欢你啊!一直黏着你。"

"我也是真喜欢她,怎么都亲不够,太可爱了。"

他笑了笑,又想起乐乐,不禁暗自伤感起来。两个人似乎各有心事,突然都沉默下来。闪亮的环城公路像个巨大的圆环套在城市的底部，巨大的全息广告在半空中不停地变来变去。

"怎么不说话了？"快到云端时，他问。

"我在想一个很严肃的问题。"

"什么问题？"

"算了，还是先不说了。"

"瞧你，这可不像你。"

"我只是觉得……"

"什么？"他握住她的手，"无论什么事，我们都会一起去面对的。"

"我在想……"她还是很犹豫的样子，想了想，说道，"我们是不是应该要个孩子？"

12

当初入住云端前,马科的第二选择是城市北侧艺术区里的一片高档住宅区,只是他不喜欢那里离政府部门太近这一点,所以最后还是把家安在了云端的最上层,从这里可以望见城市的整个南边,蝼蚁一般在地面蠕动的人流,玩具似的车子,最远处环城路外低矮、破败的贫居区就像是一小片垃圾堆,头顶不远处漂浮着形态各异的云朵,世界就这样毫无遮掩地呈现在眼前。

天色有些阴郁,他站在窗前望着远处,却感受不到以往的复杂心绪,一种被送入太空的孤独、陌生的感受攫住了他,令他颇有些惊惧。穿着红色上衣的娜娜(R)从大厦里出来,在人群中像一个移动的玩偶,很快消失在拐角处。

他回过身,双臂交叉抱在胸前凝视着,屋子里的摆设似乎也失去了往日的光泽。"怎么回事?"他不禁有些疑惑起来。又站了两分钟,他走到各个屋子去审视了一番,总觉得像是缺失了什么东西。

"也许应该做出些改变了。"他突然想。

他在网上查找了一番,爸妈上次提到的张先生那处房屋也在售卖。他挨个把楼层看了看,提不起什么兴致。在一个名为"所居"的房产中介名下有两套房子看起来很不错,都是复式结构,更宽敞些,卧室、工作室、视听室都很好安排,甚至还能有一个健身室。他在脑海里想象着每个房子的设计草案,不由得有些兴奋。

他拨通了"所居"的电话,将自己的要求简单说了说。和他们约定了下午去看房的时间后,他在屋子里像只找不到出口的蚂蚁一样转来转去,盼着娜娜(R)早点回来。

她回来时刚十一点十五分,一进门发现马科坐在餐桌边,桌子上摆着已经做好的饭菜,讶异地问道:"不是说等我买菜回来再做吗?你不是想吃鱼吗?"

"我有些等不及了。"

"什么事能让你这个性子慢的人这么着急?"她将手里的东西放进冰箱,去水池边洗着手问道。

"快坐下来,我要和你商量点事,重要的事情。"

"好事还是坏事?"她笑着问。

"当然是好事了,"他不等她坐下就急切地说起来,"嗯……我想换个房子。"说完,望着她。

"嗯?你这是怎么了?怎么突然想换房子了?你不是很喜欢这里吗?"

"是这样,我是很喜欢这里,但是毕竟住了很多年,换个环境也许会很有意思。再说了,这里太高了,空气有点稀薄。"他开着玩笑。

"足够我们呼吸的了。"

"我找了两处比较合适的房子,给你看看。"他说着调出那两个房子给她看。

"我喜欢这个房子的结构,错落有致,你看,这里还很别致。"

"这个呢?"

"嗯,这个位置要稍好一点,周边环境不错,挨着东湖。"

他看着她,等着她的最终意见。

"你真想从这里搬走吗?"

"是,我想是时候到一个新环境生活了。你呢?"

"我不太确定,因为这里有我们太多的记忆了,总觉得有些可惜。"

"记忆永远都在,也许换个环境会有更美的。"

"我不介意住在哪里,我们结婚的时候我就说过,你喜欢哪里我们就去哪里。"

"我约了房产经纪人,两点我们过去看看房子,怎么样?"

"好啊!正好今天的柔术课调到晚上了。"

房产经纪人在第一处房子门外等着他们。她看起来很年轻,穿着合体的制服,皮肤黝黑而健康,梳着根粗辫,眼睛又大又圆。他猜她应该是印裔的。

"你们好!我是乔普拉,'所居'二级经纪人。"她很热情地和他们握手,先是带着他们围着房子转了一圈,介绍着房子的概况和特色,"这里向西是规划中的建保区,正好将这几栋房子包括进去,以后的环境改造必然会以建筑为中心,几乎每栋楼都会是一个小花园。"

然后带着他们进到房间里,说道:"这栋房子具有一定的纪念意义,第二共和国时期的大作家海森曾经在这里写下《记忆尘屑》,应该就在洗手间对面的这个屋子。"

作家写作的屋子并不算大,有两扇狭长的落地窗。他在大学里读过这本薄书,给他留下最深印象的是,女主人公最终在失忆前几天将她养了很久的一只叫"达飞"的小鸟放走了,"她略显笨拙地上下飞着,急切地想找个地方落下,窗外那只猫飞快地弓起身子爬到高大的桉树上,消失在浓密的树叶之中。"

他趴在窗沿探身向外望去,那株高大的桉树还在,树干灰白挺拔,浓密的大叶片在风中沙沙作响。那只猫呢?

"这里后来又转手了两次,档案里都有记载,每次在这里居住的房主都没有进行大规模的改造和装修。"他们上到二楼,娜娜(R)喜欢这种长长的走廊。

"感觉怎么样?"乔普拉带着职业性笑意,看着马科问道。

"我喜欢这里,"娜娜(R)应道,"我们就定这个吧。"

"另一个你不去看了吗?"他问。

"不去了。"

"房主今天特意叮嘱,要是能定下来的话,他可以再降20万元。这栋房子本来就比市价低一些,因为房主遭遇经济危机,急于套现。现在真是一个最好的时机了。"

"我们考虑一下,晚上,或者最迟明天告诉你我们的决定。"马科说道。

娜娜（R）看起来像是第一次买房一样兴奋。他开车载着她在街上行驶了几分钟，经过一家咖啡厅。"要不要喝点什么？"他一边问一边把车开进停车场。

他们站在咖啡厅的自动门前，门却没有反应，于是他推开侧门，把提包交给娜娜（R），指着临街窗边的一个位置。

"我要一杯鲜榨橘汁，加冰。"娜娜（R）说道。

马科在自动咖啡机前点了一杯冰美式，端着两杯饮品走到座位旁放下，刚坐下来想看看邮件，才发现手机忘在车里了，手表也没戴。

他绕到房子侧面的停车位，打开车门，手机并没有放在中央扶手的格子里，他探身摸了摸方向盘后面的储物格，也没有，正有些疑惑，才发现原来是掉在座椅左后侧的缝隙里了。

他拿起手机站在那里回复了两个邮件才转回到门口，发现娜娜（R）和一个女人坐在座位上，那个人背对着他，正举起一只手在说着，娜娜（R）则笑了起来。

他慢慢走到娜娜（R）一侧，那个女人半转过身扭头斜看着他，笑着打招呼："嗨！你好！"

"你……好！"他惊奇地发现坐在自己位置上的竟然是古丽，有些不知所措。

"好久不见了！"古丽说道，"我刚才在那边看见是你们。"

"这么巧，好久不见。"他有些尴尬，拉过旁边的一把椅子坐在侧面。

定制时代
Custom Age

"古丽也在学习巴西柔术,已经是蓝带了,我正在和她讨教呢。"娜娜(R)看起来颇有些相见恨晚的喜悦。

"我就住在附近。"古丽说道。

"我们刚看了那边的一套房子,也准备搬过来。"娜娜(R)回应道。

"是吗?太好了。我们可以一起在R区的健身中心练习,有个特帅的教练。"

"呵呵!我们还没有最后决定,还在看另外的房子。"他说着,看了一眼娜娜(R)。

"我们不是……"

"还是再看看比较好,总不能只看一套就轻率地决定这么大的一件事吧。"他笑着打断娜娜(R)的话。

"你们看的是哪个区的房子?方便说吗?"

"是F区的。"娜娜(R)抢着回答。

"我在M区,离得不远。F区的房子都很棒,我的梦想就是最终搬到那里去。哈哈!"古丽看起来比他们见面时开朗多了,悄悄冲马科挤了下眼睛。

"我们在云端住得太久了,可能会不太习惯立刻换到一个陌生的地方。"他说着,用手胡乱地比画了一下。

"比这更难的事你都能习惯,我相信你们很快就会适应,喜欢上这里。"古丽语带双关地说道,故意没有看他。

"我是真喜欢这里的环境,那栋房子也很符合我们的期待,而且……"娜娜(R)说着。

"你总是这么急切,再好的东西也要沉得住气不是。"他端起杯子说。

"我们最近有个艺术工区的项目,我想向公司推荐你做设计,怎么样?"古丽问道。

"还不知道你是做什么工作的?"娜娜(R)略带歉意地问道,转头看着马科。古丽没有回答,也看着他,让他很是窘迫,端起杯子又喝了一口,古丽才笑着说:"我在A点公司做策划监督。"

"我喜欢你们公司做的贫居区的项目,也是你策划的吗?"娜娜(R)道。

"我参与了一部分。"

"太棒了,看来我们真是有很多可以聊的话题。"

"真希望你们搬过来住。"

"我们不要去看其他的房子了,就F区的那个吧。"

"呵呵。"他笑了笑,没有回应她的话。

娜娜(R)站起身,对古丽道:"抱歉,我要去一下洗手间。"

马科坐在那里更觉得难以应付。古丽笑着望着他,等他说话。

"你怎么样?挺好的吧。"他只好问道。

"挺好的,都过去了,你不是说过'没有什么是过不去的'吗?"她说完,抖动了一下眉头,抿起嘴。

"那就好。"

"抱歉突然打扰你们。"

"没什么。"他苦笑着说。

"你和上次看起来简直判若两人。能看到你这么开心,真心为你高兴。"

"谢谢!也谢谢你为我做了这么好的事。"

"不用客气,付款的可是你,我不过是成人之美罢了。"

"呵呵。"

"她确实很美,比我想象的还美。我现在能理解你当时的痛苦了。"

"都过去了。现在一切正常。"

"真好!"

娜娜(R)走过来笑着问:"你们在聊什么沉重的话题,怎么看起来这么严肃?"

"我正在和她说最近可能抽不出时间做他们的项目,不过可以推荐我的一个朋友,也是很棒的设计师,作品还刚刚获了帝国铜奖。"

"太好了。"

"过后我把他介绍给你,还是单身贵族呢!一举两得。"

"哈哈!那好,我等着见到你那位单身同事。我就不打扰你们了。"

"真遗憾,我还有很多话想和你聊呢!"

"希望你们能搬过来,咱们就有很多时间可以坐坐了。"

"会的。"

"你们真是让人羡慕的一对,能再见到你们真好!"

"谢谢!我们也是!"

古丽和娜娜(R)热情地拥抱告别,并暗中对他伸出大拇指,然后就走了。

13

庆吉先生穿着睡袍走到餐桌边坐下来,看着几个盘子里的早餐,抽了抽鼻子,系好餐巾,拿起红酒先喝了一口,仰头漱了漱口才咽下去。有几位上了年纪、穿着白色制服的女厨师将盛着牛排的盘子放在他面前。

他拿起一片焦脆的面包放在盘子里,看了看餐桌,问道:"果酱呢?怎么没有果酱?"

厨师插着手站在那里看着他,没有说话。

"我在问你,怎么没有果酱?"他看着厨师,有些生气地问。

厨师没有说话,转身走向冰箱,拉开门,拿出一个小瓶子,放在他面前。

"这是蜂蜜。我要的是果酱!每天早晨吃的果酱!都被你偷吃了吗?"

"这是你要的果酱。"厨师回应道。

他紧皱着眉头慢慢扭过头瞪着她,一字一顿地说:"你说什么?"

厨师仍旧双手十指交叉，站在那里，没有说话。

"你今天的牛排怎么煎得这么硬，怎么回事？你看看，边上都焦了，难道你闻不到煳味吗？"庆吉狠狠地用叉子将已经煎得发黑的牛排叉起来，举向厨师。叉子碰到盘子发出嗒嗒的响声，庆吉抖动着吼着，又使劲儿把牛排甩在盘子里。

"我是按照正确的方法和时间来做的。"厨师说道。

"是你觉得是正确的还是你那个操蛋的程序告诉你这么做的？"

"我是按照正确的方法和时间来做的。"厨师又重复了一遍。

"你他妈连句道歉的话都不会说吗？他们连基本的教养都没教你就把你卖了是吗？"他用叉子叮叮当当地敲着盘子的边缘骂道。

厨师站在那里没有说话。

"昨天你就没给我拿红酒，今天又开始糟蹋我的牛排，我他妈花了那么多钱买你就为了让你给我做这些狗都不吃的东西吗？"

"我是按照正确的方法和时间来做的。"厨师继续重复道，语气变得有些奇怪，听起来像是泄了气一样无力。

"他妈的，我刚刚在期货市场损失了这么多，你竟然搅了我一天的心情，你是他们派来专门捉弄我的吗？"

"我是按照正确的方法和时间来做的。"

"好，我来教教你什么是正确的方法。"他操起盘子向她头上砸去。她没有躲闪，仍旧站在那里，任凭盘子撞到脸上，碎成几块，连眼睛都没有眨一下，殷红的血从鼻子左侧被切开的口子里流出来，在平静的脸上更显诡异。

"把盘子给我收起来！"他吼道，厨师仍旧站在那里没有动。

"怎么了？"年轻漂亮的妻子穿着一身紧身运动衣从宽大的楼梯上下来，后面跟着背着书包的儿子，看到地上的碎片，问道。

"你自己来看看这个该死的厨师今天做的都是什么饭菜，狗都不吃！"他怒气未消，指着早餐吼道。

"哎呀，你这是怎么弄的？怎么都出血了？"她走到厨师的侧面才发现鲜血已经从脸上流到脖颈，惊呼道。

"有什么大惊小怪的，它们只是机器，又不知道真的疼痛是什么！"

"可是这也太恐怖了。木木，你别过来，先回楼上去。"她指着楼梯对儿子说道。妻子咧着嘴眯着眼，脖子上的肌肉因为恐惧绷得紧紧的。

"这就是个垃圾产品，我要把它拆了，砸碎，再扔进焚烧炉，让它永远都在这个世界上消失，消失！"

"不不不，你不能这么对待我。"厨师突然说道，眼神却没有丝毫变化。

"瞧瞧，我刚才让它拿果酱它理都不理我，现在倒怕起死来了。哈哈，真他妈有意思！"

"你别这样吓唬她，让他们公司过来看看。"她劝道，木木走到楼梯中间站在那里看着。

"你不能这样对待我。"厨师又说道，突然开始慢慢往后退着。

"不要害怕，他不会的。你不要这样吓她。"妻子伸出手，有点紧张地安慰道。

"你不要护着这个铁疙瘩,无论如何我都要让它从我的眼前消失。"他指着厨师。

"不不不,你不能这么对待我。"厨师继续往后退着。庆吉发现儿子还在楼梯上站在,霍地站起来,举着叉子朝厨师喊道:"站住,站住,你他妈给我站住!"

厨师又向后退了两步,突然转过身向后摇晃着跑去,吓得妻子"啊"地惊叫起来。

"快上楼,快上楼。"庆吉冲儿子喊道。厨师像是得到了指令一样,调整了一下方向朝楼梯奔去,儿子被吓得僵在那里,妻子的两只手快速地乱摇着,不知所措,只发出"啊啊"的声音。

庆吉奔过去,抓起楼梯边的一个铜制裸女工艺品使劲儿掷向厨师,打在厨师的腿窝上,她趔趄着向侧面倒下。庆吉趁机跟跄地冲上楼梯,伸手抓住厨师的裤脚。厨师正想撑起身体,使劲儿向前蜷着腿。他两只手终于抓住厨师的左小腿,使劲儿往下扯,咯噔咯噔地把她从台阶上拖下来。妻子惊恐地从他们身边绕过去跑上楼梯,抱住儿子。

厨师仍旧在挣扎,试图翻过身来。庆吉用尽全身的力气往外拖着她,她抓住桌腿,拖得桌子也随之转起来,发出吱吱呀呀的声音。终于将她拉到门口,庆吉突然听到厨师用恶狠狠的语气说道:"我要把你们全都杀了。"

"什么?你说什么?"他惊惧地停下来,双手揪着她的左腿,以难以置信的神情问道。

"我要把你们都杀了。"厨师重复着这句话,扭头望着他,眼睛里露出凶光。

"好好好,看看咱们谁能把谁先杀了!"他气得浑身发抖,拼命把她拽到屋外,用膝盖顶着她的后背将挣扎不已的厨师压在地上,用小指粗的拴狗钢索在她腿脖子绕了一圈,咔嗒一声锁住。几个正在走路的人不知所措地望着他们,露出惊慌的神色。

"它说要杀了我们。这个东西说要杀了我们。"他用颤抖的手指着厨师向过路的人说道。

"你不能这样对待我。"她向侧面爬着,挣扎着想站起来,嘴里不停地说着。

"你不能这样对待她。"一个中年男人有些畏惧地说。

"是啊!她只是个女人,你不能这样锁住她,这是犯罪。"站在他身边的女人也加入进来。

"报警吧。"

他双手撑着大腿弯腰喘了几口气,起身摆着手,说:"它不是人,只是一个机器,我们买的一个机器,不是人。"

"她毕竟是个……'人',你不应该这样对待她。"一位上了年纪的老太太紧紧拉住十几岁小孩的手,指责道。

"你不能像锁条狗一样锁着她,你看她多可怜。"

"是啊!太残忍了。报警吧。"

"报警吧。"人群越聚越多,望着这奇怪的场景,议论纷纷。

"我说了,它是我们买的一个机器,不是人。"他几乎吼起来,

定制时代
Custom Age

"报警吧!求求你们谁打个电话报警吧!"

妻子站在门口,突然醒悟过来,叫道:"关上她,关上她。"

庆吉发出关闭的指令,厨师似乎挣扎了一下,终于以一个怪异的姿势停下来,头向上仰着,嘴张得大大的像在呐喊一样。人群发出"哦"的一声,便开始散去,有的人伸着头仔细打量着厨师。

"就算是个机器也不应该这样对待它,现在的人真是毫不体面。"老太太摇着头拉着孩子边走边叹气。

"它说要杀了我们,你们这帮伪君子。"庆吉冲着人群的背影叫道,指着厨师的鼻子,"起来,站起来杀了我啊!你个狗娘养的东西,看我怎么把你碾成碎末。"

妻子走过来拉着他的胳膊,说道:"我已经给新希望公司打电话了,他们可能很快就来了。天哪,刚才真是太危险了!"

视讯的记者第一时间赶到现场时,警察还没有来,在他的镜头中,厨师显得可怜无助,那条小指粗的钢制锁链的特写让人印象深刻。"据房屋的主人庆吉先生说,该智能人没有按他的意愿做出可口的早餐,而是做了一顿极其糟糕的早餐,智能人表现出与以往毫不相同的反应。庆吉先生承认骂了她,而智能人的反应很是激烈,不但反驳了庆吉先生,还试图伤害他只有八岁的孩子,庆吉先生说这也是导致他将她打倒的原因。庆吉先生还有一个极为严重的指控,他说……"画面出现正在接受采访的庆吉,他仍旧难掩怒火:"它说要杀了我们全家,而且说了两次。我为了保护我的家人才将它锁起来。"

"我在看到她时,她是被关闭的,处于静止状态,您在第一时间对她进行关闭了吗?"记者问。

"我说的不是这个,我要说的是它威胁要杀死我们,你们明白吗?你面对威胁时会怎么办?和它拥抱吗?"庆吉先生大声吼道,镜头随之摇晃了起来。

韩从沙发上站起来,到冰箱里拿了两小瓶冰水,递给妻子一瓶。美日忧心忡忡地说:"太可怕了!我真是很担心马科。"

"也许只是场意外,系统没有及时升级,或者因为外力造成程序紊乱什么的。"

"你不担心吗?"

"当然担心,不过我想他们会在程序里设定更加严格的安全措施。"

"你要和马科说一下吗?"

"怎么说呢?他一定看到这个新闻了。而且……"

"怎么?"

"你没发现马科并没有把她当作一个智能人吗?"

"我担心的正是这个。"

"我倒是突然有了个新想法。"

"什么想法?"

"人类世界里每天的吵闹,造成的伤害其实远比这个多得多,也远比这个严重,不是吗?"

"可是……"

"就因为它们不是人类吗？"

"我不知道该怎么说。也许你说得对，可人们不会这么看问题，你总不希望自己买的一台面包机突然爆炸，一个机器用人突然发疯吧。"

"我本来也想买一个厨师呢！"

"算了，还是先不要买了。我真是觉得不安全，我们总不能每天处于担忧之中。"

"嗯。"

"上次马科他们来的时候，你觉得娜娜（R）有什么让人不好理解的地方吗？"

"这倒是没有。我一直在观察她，有一阵我觉得她就是娜娜，我觉得她回来了，好像从未离开过。"

"我也仔细回想过，好像也都挺正常的。"

"你还记得刚开始的那段时间吗？马科完全把自己封闭起来，连我的电话都不接。我曾去过云端，也没有见到他。后来终于在酒吧碰到了他。"

"我知道，你和我说过。"

"其实比我和你说的还严重。他当时已经喝得晕头转向，我扶着他从酒吧出来，下台阶时他一下摔倒在地，然后就跪在那里呕吐。他当时的惨样真是超出我的想象，瘦了很多，一副对生活极度绝望的样子。我想他可能就想在酒精的麻醉下出点事情，告别这个让他痛苦的世界。"

"哦，真是可怜。"

"不管怎样，马科都是我们最好的朋友，他的不幸我们可能爱莫能助，现在他终于找回了失去的幸福。你看看他有多高兴，又笑了起来，身体也好多了。什么都是有代价的。造物者是公平的，技术给了他新生，也存在某种不确定的因素，这就是他要承受的代价。我想，我们能做的就是为他高兴，我们应该理解他，支持他，接纳娜娜（R）。"

"不过我就是有点担心。"

"嗯。"

韩叹了口气，接着说："马科说还没有和父母谈过，他本来想最近告诉他们，我不知道他父母是不是能像我们一样接纳一个新的娜娜，尤其是在出了这样的事情之后。"

"父母总是会理解孩子的。"

14

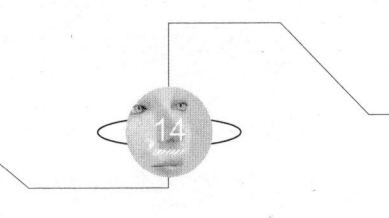

马科将设计室放在新居的一楼,将地下室分隔成库房和健身室,卧室当然要在二楼。这里最让他满意的是客厅,十几米的弧形落地窗比原来在云端的还宽敞。早餐的时候,他本来脑子里突然闪出了一个模糊的灵感,但是等到用完餐却怎么也想不起来了,这让他有些沮丧,对于联合艺术的这个项目,那个灵感可能是最好的选择,现在却不知道怎么就被他从脑子里给清除掉了。

他放下手里的工具,从椅子上站起来,伸了个长长的懒腰,去喝一杯试试。联合艺术合作人推荐的这种酒很是特别,在玻璃杯里会呈现出一种醉人的蓝色,如果加几滴柠檬汁,颜色则会变成琥珀色,口感也会略微有点偏酸。他举起酒杯转动着看了看。屋外传来阵阵鸟鸣,像是小夫妻在吵架一般。

他们最终还是选了这套 F 区的房子,尽管因为古丽的原因曾让他一度犹豫过,但娜娜(R)对这里的喜爱还是深深感染了他。

"我希望能一直在这里和你生活。"她躺在他的胸口,深情地说。

他站在窗前向远处凝望了片刻，有一瞬间那个失踪的灵感在想象的边缘像在逗弄这个今天有点儿焦躁的设计师一般，闪了一下，又消失了。"是一个什么东西来着：一个球？一道闪电？还是一粒种子？"

娜娜（R）的身影突然出现在对着房门的路上，似乎看见了他，加快了脚步。她走得轻盈、欢快，看来是遇到什么高兴的事了。他微微笑着，冲她挥了挥手。

"咦？什么时间你就在喝酒？"她在窗外看着马科手里的酒杯，指了指，进门就问道。

"有个设计灵感怎么也想不起来了。"他喝了一小口，放下杯子，"你好像遇到什么好事儿了？"

"今天开始学习绞技，我居然在练习时把教练给裸绞了。哈哈，真是太开心了。"她喝了一口橙汁，兴奋地说起来。

"人家没有尽全力吧。"

"当然没有尽全力，她可是黑带级别的。不过她夸我的反应和应变非常好，第二次我用了不同的动作还是裸绞了她，哈哈哈！"

"有那么厉害吗？"

"当然厉害了，你要是被裸绞了，就只有乖乖认输，再厉害的人也无法脱身。"

"我不信。"

"对于你这种柔白永远都不会明白那有多厉害！"她有点不屑地挖苦道。

"什么柔白？"

"柔术白板，柔术白痴。"她笑道。

"好啊！今天咱们来较量较量，我看看你怎么能把我裸绞了！"

"好啊！"

"等一下。"

"怎么了？放心，我会手下留情的。"

"什么是裸绞？"

"哈哈哈！来来，本蓝带今天就和你较量一下，不过说好了，绞疼了可别怪我。"

"一言为定。"两个人使劲儿击了一下掌。

她走到屋子中央波斯纹样的地毯上，双手十指交叉在胸前向外翻转着推出，又举到头顶，向左右两侧做了两次伸展。他慢吞吞地走过去，交替揉了揉双手的手腕，又像拳击手那样左右歪了歪头，做了几个组合拳的动作，笑嘻嘻地看着她。

她见他故作姿态的样子也笑起来，说道："我再次警告你，现在认输还来得及。"

"come on！"他高声挑衅道，右手接连快速来了两记刺拳。

"哈哈，又不是拳击比赛。你先坐下，背对着我。"她说道。

他背对着她坐下来。

"腿不要支着，盘起来或是伸直都行。"

他把腿伸直了，两只手放在大腿上。

"我先给你讲一下规则，我要这样。"她右膝跪在地毯上，抵着他的尾椎，伸出左臂轻轻搂住他的脖子，他伸手扶住她的小臂，她继续说道，"先不要发力，我说开始，然后会勒住你的脖子，你就可以发力了，不管用什么方式，能把我的胳膊松开，能挣脱就算你赢。"她说着轻轻箍了箍他的脖子。

"没问题，来吧。"

她用左手内侧的腕部紧贴他的颈部，右臂压在他的右肩，两只手握在一起，说道："你要是认输了就拍两下地毯，或者拍一下我的胳膊也行。千万别死撑着。"

"你要是想认输了亲亲我的脸就行。"

"我不会输的。好了，预备。"她把身体往后挪了挪，左脸贴在马科的右脸上，马科歪头亲了她一下。

"喂！我们在对抗！正经点。"

马科举起双手哈哈笑起来。她重新箍住他的脖子。他用右手从外侧扣着她的右小臂，左手外翻拖着她的左小臂，说道："好了。"

"预备，1、2、3。"还没等她说"开始"，他蜷起腿，一扭身，像条鲶鱼一样从她还没收紧的双臂间向下钻了出来。

"哈哈，怎么样？"他嘲弄道。

"你耍赖，这次不算，我还没有说开始，还没发力呢！"

"好好好，让你输得心服口服。"

他们重新摆好姿势，她说："预备，1、2、3，开始！"她喊完，随之双臂使劲儿收紧，压住他伸进一半的左手，身体重心下沉，头颈用力压着他的后脑，迫使他低下头，同时双手用力向后收紧。

马科本来想故技重施，脖子突然被用力扼住，喉咙里发出"呃"的一声，在她上半身的压迫和胳膊的压制下，身体不由自主地向后倒去，头却被顶得低下来。一开始他还试图屈膝，靠蹬踏地面的力量发力将她的手臂扭开一点空隙，好让自己的手插进去，但是随着她越来越大的力量压迫，马科竟然使不上丝毫力气。她的手臂就像一道粗壮的铁锁，他的喉头被向下挤压着，喘不上一口气，连眼眶都开始发胀，一种死亡前的窒息感蓦然而至。

她突然稍稍松了点劲儿，短促的气息嘶的一声进入喉管。他刚一试图反抗，她的双臂就一下子收紧，身体像一座山一样压住他。马科的脑海里突然出现了那个厨师的样子，"它说要杀了我全家"，那个叫庆吉的人吼着。

他们静止在那里。马科的脸涨成紫色，耳边传来娜娜（R）粗重的呼吸，呼、吸，呼、吸……他的视线变得有些模糊，她让他"投降"的声音渐渐缥缈起来。

他仍旧没有拍手认输，心里突然平静下来："她会就这样杀死我吗？这倒也不失为一个可以接受的结局。"娜娜、乐乐好像就在旁边笑着望着他，"好了，就要来了。"就在即将昏厥的瞬间，她的手臂慢慢松开了，他的身体向左侧歪斜着，突然灌进的气流被阻在喉咙那里引起一阵刺痛。他左手拄在地上，急速地呼吸了几口，不停咳嗽着。

"亲爱的，亲爱的，你没事吧？"她一脸关切地转到他侧面，扶着他，焦急地问。

"没事。"他摇了摇头,声音被气流阻滞得含糊不清。

"对不起,你怎么不拍手投降呢?"她摸着他的脸颊,亲吻着,既自责又心疼地埋怨道。

他又喘了几口气,略略平复下来,坐直身子说道:"我想试试到底能不能挣脱。"

"就是职业选手被固定住了也难脱身的,怎么样,我学得还不赖吧?"她这才得意起来。

"你是最棒的!"他搂住她亲了亲。

"这只是坐姿,还有卧姿,仰卧'断头台',我还没学呢。"

"对付我已经足够用了!"他又轻轻咳嗽了两声说道。

"我怎么舍得用在你身上呢!"

"你刚才再晚松开两秒钟我就 over 了。"

"你放心吧,最多只是窒息昏厥,我会复苏术,再说了,你还没有陪够我,我不会让你就这么轻易死掉的。哈哈哈!"

她上楼去换衣服,他坐在沙发上,拿起酒杯又喝了一口,喉咙里还是有些紧迫感。

"自己这是在考验她吗?"他想。

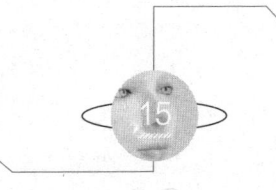

他从"新希望"的地下停车场转了不知多少圈才驶上地面,一个喧嚣的现实世界扑面而来。

"爸爸,超人真的不回来了吗?"坐在后面安全座椅上的儿子指着前面那栋新药集团的螺旋形大厦上的"超人"全息广告,问道。

"应该是吧。"

"为什么?他不是很爱地球吗?"

他笑着说:"他可能是去重建氪星了,那才是他的家。"

"我觉得,他会回来的。"

"为什么?"

"地球也是他的家啊!"

"嗯。对,地球当然也是他的家,他一定会回来的。"

"我们现在去哪儿?"

"回我们的家啊!妈妈还在家里等着我们呢。"

"我要玩重建氪星的游戏,早点让超人回到地球来。"他摇着手里的超人小盒子，兴奋地说道。

"好，咱们快点回家。"他看了一眼副驾驶上放着的一大盒附送的"超人世界"智能建模玩具。

手机铃声响起来，他看了一眼，是妈妈打来的，他调到静音，没有接通。电话挂断几秒钟后，妈妈发来一条信息："给我回话，有事和你商量。"

阳光从一朵厚厚的灰色云朵里钻出，整个世界一下亮了起来。前面路口的红灯亮起，马科慢慢停下车，从后视镜看着可爱的儿子，恍若隔世。从韩家回来的这些天里，对孩子的思念像怒潮般每天都在撞击着他，撕扯着他。妻子回来了，带给他希望和快乐，但是空荡的新居在等待那些已经消失的银铃般的笑声。

夜里醒来，娜娜（R）在他身边熟睡，他小心翼翼地起身，上过洗手间，推开斜对面那个小房间的房门，借着随之亮起的微光，并排摆着的一些箱子就像一张小床。在云端时，每次起夜，他都会习惯性地打开儿子的房门，走进充满童趣的房间，在熟睡的孩子旁边俯下身，亲亲他的头发，摸摸他热乎乎的小手。

自从那次从韩家回来的路上娜娜（R）问他"我们是不是该要个孩子"之后，一家三口的幸福景象就一直盘桓于心，再也不能平静。昨晚他甚至一宿没睡，直到晨光熹微才昏昏沉沉眯了一会儿。

"妈妈，我们回来了。"一进门，乐乐（R）就叫道。

"宝贝，我在厨房，等我一下。"妻子提高声调回应着。

"来，小家伙，先去洗手。"马科放下手里的两个盒子说。

"我们先玩游戏吧。"

"不行,要先洗手。"妻子说道。

他摊开手做出无可奈何的样子。

"我的手不脏。"乐乐(R)冲厨房做了个鬼脸,有点不情愿地走向洗手间。

马科给妈妈发了一条信息:"不急的话,稍晚点我打给您。"

娜娜(R)端着一盘洗好的水果放在茶几上,拿起一颗大蓝莓塞到马科嘴里,又塞了一颗给儿子。

"我要重建氪星,让超人早点回到地球来。"乐乐(R)边吃边比画着。

"氪星离地球很远,你和爸爸可要加油了!"

"爸爸,咱们现在就开始吧。"乐乐(R)搓了搓手,一副急不可待的样子。

"瞧把他急得。"妻子笑着看着丈夫,说道。

"走吧,到我的工作台上去。"马科说着,和乐乐(R)拿着大盒子来到工作室,将所有的零件都按照示意图分门别类地摆在透明台面上,"这是议会、议员、护卫者、双翼飞行兽……"

"我最喜欢双翼飞行兽了!我来装,我来装。"乐乐(R)兴奋地叫道,伸手去拿零件。

"我来安装氪星。"马科笑起来,看着儿子拿着一对带有网纹状如蝇翅的翅膀。

他们装好了氪星的模型和双翼飞行兽,启动。飞行兽慢慢扇动着四个翅膀,发出恐鸟一样的叫声飞了起来,氪星议会大厅的灯光也亮起来,坐在几个高椅上的议员也动了起来。

"Cool,太棒了,太棒了!"乐乐(R)兴奋地跳了起来,又突然停下来好像想起了什么,左右看了看,疑惑地问,"超人呢?爸爸,怎么没有超人呢?"

马科也四处张望着,回答道:"对了,超人呢?"趁儿子不注意,从工作台台面下伸手摘下黏着的超人,启动,披着红色斗篷的超人在屋子里绕着圈飞起来。

"爸爸,超人在这儿呢,超人回来了!"

他看着儿子兴奋的样子,紧抿着嘴巴,压抑着内心的激动,"宝贝,你也回来了!"

16

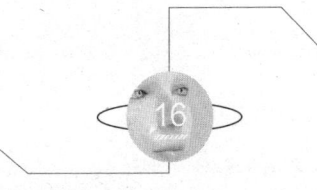

马科按照约定时间来到学校，不禁百感交集，往日接送乐乐的场景不停地浮现在脑海里。

他在三楼的校长室门外敲了敲门，里面传出"请进"的声音。

他吸了口气，拉开门，校长正在忙着工作，看他进门赶忙说："快请坐，请稍等一下，我把手头的这点事处理一下。"

马科在斜对面棕色的单人沙发上坐下，看着眼前的这位上个月刚就任的新校长，想着怎么开口合适。

"是马先生吧，"校长终于放下笔，笑着说，"抱歉抱歉，我这刚赴任不久，太多事情要处理了。"

"没关系。我昨天给学校打过电话，想和您谈谈孩子重新入学的事。"

"是的。关于这件事我们觉得很重大，所以也没有唐突给您答复，今天约您来，也是想和您当面解释一下。抱歉，稍等。"校长说着，按下桌子上的按钮，"请学生主管和安保主管到会议室，对，现在。"说完站起身。马科也随之站起来。

"是这样,我们一起到会议室,我请另外两位主管一起和您说说。"

"好,谢谢!"他跟在校长身后来到最里面的会议室,已经有一男一女两个人站在屋子中间等着了。

"这位是学生主管安娜,这位是安保郭主管。"

"您好!"他分别和两位主管握手致意。

"请坐。"安保主管示意他坐在椅子上,三个人走到他对面分别坐下来。

"你来主持吧。"校长对学生主管说。

"好。马先生,请允许我对您遭遇的不幸再次表示慰问。"

"谢谢!我现在很好。"

"那就好。校长对您的来电异常重视,我们召开了内部会议,现在也有了一致的结论。这件事情本校还从未遇到过,不妥之处还望您能理解。"

马科苦笑了一下,觉得似乎并不会是一个值得期待的结果。

"马乐同学虽然在学校的时间不长,但是给我们留下了深刻、美好的印象,礼貌、善良、有爱、守纪。尤其是在艺术上应该是遗传了您的天分,表现很是突出。我们为学校拥有这样的学生而自豪。"她的话似乎触动了另外两个人,也都表情严肃地点着头。

"从您的来电来看,您是想恢复马乐的学籍,可以这么理解吗?"她问。

"可以这么理解。"

"只是，我们的学校现在都是……都是这样的学生。我不知道该怎么称呼您的孩子合适？"

"叫他乐乐就行。"

"好。乐乐现在和其他的学生有些不一样。"

"但是……"

"您知道，我们无权评判、干涉个人的合法行为，仅就本校的现状和可能面临的问题进行考虑。"安保主管说道，抬头看了他一眼，继续摆弄着手里的那支金属笔，"关键在于我们所有的师生都知道了马乐同学的不幸，现在，突然又出现在学校，我们担心会造成一些难以预想的情绪波动。"

"嗯。"马科想了想，没有说话。

"而且，"学生主管继续说道，"本校现在有两千多名学生，意味着有更多的家长，我们不可能不考虑他们的担忧和顾虑。"

"您就这个问题和家长们有过交流吗？"马科问。

"目前还没有，不过……"

"我建议学校在不浪费教学资源的前提下可以和家长们有一些交流。"他说。

"我们会考虑您的建议。不过，目前对于……对于与我们的学生不是同一类的孩子，坦白地说，前些天新闻报道中的那个女厨师，那样的事件，实际上让我们所有人都……有了一些忧虑。"

"我能理解。"

"还有就是，我们不希望在这个时候成为一个被过度关注的焦点，从而影响学校的正常教学，以及学生的正常学习生活。"

"我明白了。"他勉强挤出一丝笑意。孤零零地坐在他们三人对面，让他有一种被审判的感受，而他们提出的都是一些难以用常理辩驳的观念，这让他有些挫败感，心里生出对乐乐（R）沉重的愧疚，想赶紧结束这场审判，于是说道："作为一个家长，我只想为孩子争取一个能够正常学习和生活的环境，仅此而已。"

"我们都非常理解，而且赞赏您的爱心和勇气。"校长这才说话。

"如果我的孩子会引发这么多的顾虑，我想，对于我们，或者其他的学生，都不合适。"

"感谢您能理解我们的苦衷。"校长接着说道。

"我非常感谢校长和两位主管的接待。"他说着慢慢站起身，准备结束这次对话。

"我们也非常感谢您的到来，也祝福您和您的家庭，还有乐乐！"校长说着站起来，另外两个人也随之起身。

他怀着失望的心情从大楼里出来，呼吸了一口自由的空气，突然听见后面有人在叫他。

"马先生，马先生。"

马科停下来，学生主管正冲他边招手边走过来。

"还有什么事吗？"他疑惑地问。

"马先生，是这样。我个人很同情您，也很钦佩您，只是我们学校目前还不能……"

"我知道。"

"但是我知道有一个学校可以接收您的孩子。"

"是吗？哪个学校？"他急切地问。

"就是 A 区新成立的公立学校，好像就叫'新希望'，您可以去那里问问。"

"哦，谢谢您！"

"您别客气，我希望有一天我们也能像他们一样给所有人提供受教育的机会。"

"谢谢！"

马科坐在车里，激动的心情久久难以平复。他马上找到了 A 区那所新成立的公立学校，校名就叫"新希望"，紧接着拨打了电话。电话很快就接通了，他询问是否接收智能人孩子，得到极为肯定的答复："这正是我们学校的宗旨，让所有人接受平等教育。"

他几乎高兴得叫起来，用力挥了挥拳头。

17

下了车，马科蹲下来给乐乐（R）整理了一下衬衫的领子，抱了抱他，轻声说："拜拜，小家伙，放学爸爸来接你。"

"爸爸，拜拜。"

他看着儿子走进校门，向站在门边迎接学生的老师鞠了一躬，不由露出会心的微笑。

他看了看时间，发动车子，应该用不了一个小时就可以到达父母家。正是上班时间，路上还不是很通畅，他比预计的时间晚了半个小时才到父母家附近的商场，去买了一些他们喜欢的水果和奶酪。又往前转过两个街口，他将车停进父母住的小区的车位，在车里坐了几分钟，整理了一下思绪，才拿起东西向父母家走去。

开门的是爸爸，和马科拥抱了一下，接过他手里的袋子，习惯性地向他身后看了看。

"就我一个人。"马科笑着说。

"妈！"他一进屋看见妈妈正从沙发上起身，笑着过去和她拥抱了一下。

她打量着儿子,他脸上轻松的笑容倒有些令她意外。"要喝点什么?茶还是咖啡?"她问。

"还有红茶吗?"

"有,你爸爸昨天刚买的。"

"好。"

他在沙发上坐下来。墙上还挂着他们一家三口前年的合影:娜娜眼睛望着远处,乐乐双手向上伸着,满脸的渴望。爸爸看见他在注视照片,就赶紧打了个岔:"最近有什么新的设计项目吗?"

"嗯,手头上还有一个正在做,大概再有一周差不多能完成。"

"哦,然后呢?"

"然后打算先休息一段时间。"

"挺好,你现在需要多休息休息。"

"你应该去度个假。"妈妈把茶具放下,给他倒上茶。

"我喝咖啡。"爸爸说道。

"好,谢谢!"马科接过杯子,放在茶几上,又端起来,看着妈妈坐下来,接着说,"很抱歉这段时间一直没有来看望你们。"

"不用在意这个,我们理解。"

"主要是我在处理一些事,嗯,对我来说非常非常重要的事情。"

"什么事?可以和我们说说吗?"妈妈问。

热量从杯壁传导到手掌,他轻轻转动着杯子,酒红色的茶汤看起来浓酽诱人。

"我换了个房子。"

"哦,好啊!哪里的房子?是张先生的那个吗?"

"不是,在F区,比我从云端过来要近些。"

"那里的房子很不错,装修完了吗?什么时候搬过去?"爸爸问。

"前几天已经搬过去了。"

"哦,我们应该给你打个电话问问。"妈妈说着,有些埋怨的意味。

"真是很抱歉,本来应该事先和你们说一下,只是最近有些事需要一些时间来处理,所以也就一直没有告诉你们。"

"搬过去就好,住着怎么样?是独栋还是高层?"

"是个小的二层独栋,地下一层。不用每天都坐高速电梯了,都挺好的,我们都很喜欢那里。"

"嗯?你们?"妈妈听马科提起"我们",更加意外。父母二人对视了一眼,有些恍然大悟的激动,一起看着儿子,等着他继续说下去。

"不是我自己的主意,是我们的决定。"马科轻轻用嘴唇碰了碰茶汤,很烫,于是放下杯子,暗自深吸一口气,说,"我这次来主要就是想和你们说说。不过可能听起来有些奇怪,我想请你们能站在我的角度来考虑这件事情,我也希望能够得到你们的理解和支持。"

两个人又对望了一眼,妈妈说:"无论什么事,我们都支持你。"

"谢谢!我不知道从哪里开始说才合适。自从娜娜和乐乐走了之后,我想你们也看到我的状态了,其实……我的生活比你们看到的还要糟糕很多。我,完全迷失在失去他们的痛苦里,无法自拔。我,曾经想过——自杀。"

妈妈捂住嘴,悲伤地看着儿子道:"天哪!感谢上帝,你还在这里。"

"对不起,我知道这很自私,也和道义不符,但是当时我实在想不到更好的方式能让自己解脱。不过,现在好了,都过去了,我已经完完全全地恢复了正常的生活,就像你们现在看到的一样。"他微笑着看着他们。

"我真为你骄傲!"爸爸表情凝重却语带欣慰地说。

"在我的人生里第一次不知道该如何是好,不知道该怎么安慰你,让你振作起来。"妈妈说着,擦了擦眼睛。

"我知道你们很担心,我感受得到。很多事情突然间发生了,无论是悲痛还是喜悦,都是对我们的考验。"他停下来,端起杯子喝了一小口,继续说道,"我现在,又有了一个新家庭。"

"哦!这可真是个好消息。"妈妈用激动的眼神望着他,期待他赶紧说下去。

"嗯,那我们要恭喜你了。"爸爸微笑着说。

"也不能说是一个新家庭,我不知道该怎么向你们描述和解释。你们知道新希望公司吗?"他问完,并没有抬头看他们,只是转动着杯子。

"新希望?"妈妈问。

"就是前几天新闻上那个机器人厨师的公司吧?"爸爸问道,

"你也？"

"是的，我是他们的客户。"

"你是说，你也使用了他们的机器人？"妈妈醒悟过来，吃惊地看着儿子。

"嗯，不过还要更复杂些。"

"我想我们能理解，对吧？"她看着丈夫。丈夫摊开手做出无可奈何的姿态，说："成年人自有成年人的选择。"他把成年人的意味说得很浓，似乎在暗示生理需求。

"能看到你现在有这么好的状态我们都很高兴，我们知道这很难，需要一些过程，不用担心，我们很是理解。"

"谢谢！我希望你们听我说完之后，还能这么理解我、支持我，你们的理解和支持对我很重要。"

他的话让父母觉得似乎有什么超出想象的意外在等待着他们，不免有些忐忑不安。

"现在我再和你们说这件事情的时候不会再用'智能人''机器人'这样的词汇了。事情有点复杂，一时也不太好说清楚，我只能告诉你们，娜娜和乐乐回来了，我们现在像以前一样生活在一起。这就是我要告诉你们的事。"

"哦，天啊！你是说？"妈妈捂住嘴，轻声叫道。

"是这样，是这样！"爸爸搓着手重复了好几句。

"我希望你们还觉得我是你们的孩子。"马科苦笑道。

"你永远都是我们的孩子。"妈妈按着他的手说道。

"我知道这件事有点超出想象,不过它并不魔幻,他们的技术帮助我找回了他们,让我们像以前一样继续生活在一起。"

"我以为你只是买……有了个女厨师之类的,这……怎么可能呢?"爸爸涨红了脸,不知道该怎么表达才合适。

"您不要担心,就是他们,娜娜和乐乐。你们看看就知道了。"他说着,给他们播放着昨晚他们三个人在一起做游戏聊天的影像。

"哦,天哪!我的乐乐!这是真的吗?"妈妈看着孙子活蹦乱跳地在新居的大客厅里和娜娜玩着游戏,忍不住流下伤感而喜悦的泪水。

"我知道这可能一时难以接受,不过他们确实已经又回来了。"

爸爸的神情从最初的惊讶变得有些奇怪,让马科有些疑惑,他收起影像,问道:"您是不是觉得有什么不妥?"

"你重新拥有了娜娜,我觉得,也许是件好事,毕竟她意味着很多……我们都爱乐乐,可是他只是个孩子,为什么你不考虑领养一个真正的孩子呢?一个能自然成长的,孩子。"

"是啊!也许领养一个会更合适。"

"哦,我在当时确实考虑过,建立一个新的家庭,生养一个孩子。虽然,我百分百地愿意和他们一起成长,但是……"

"我们也许不能按照自己的心愿拥有一切,有些失去的东西可能只是我们不应该拥有的。"妈妈这样说道。

"我知道。如果我是你们,我也会这样想。不过,你们知道,只有他们俩才能让我感到完整,他们是我生活的动力,也是源泉,我无法改变这个。"

两个人互相看着,不知该说些什么。

"这些事情让我想了很多,无论是对于亲人,家庭,还是自己。人生不过就是一次时间的结算,我愿意用自己的生命陪伴他们。"

"我们还能说什么呢!"爸爸说道。

马科握着妈妈的手,笑着说:"我们现在正式邀请你们到我们的新居做客。"

"好,好。"妈妈擦着眼睛说。

"你们要是方便的话,这几天都行。不过最好是周末。"

"好。"

"他的腿怎么还是那样?"爸爸又问。

"是的,他的腿一直都那样。"

"哦,好。"

马科又坐了一会儿,和父母告别,妈妈送他出来走到车子边,神情有些忧郁地望着他,问:"告诉妈妈,你现在快乐吗?"

"妈妈,不用担心,我真的很快乐!"

18

"亲爱的,和你商量个事情。"娜娜(R)从健身中心回来,一到家就拉开设计室的门,探着头说。

"怎么了?"马科停下手里的设计,转过来看着脸色红润的妻子,伸手将她拉在自己的腿上。

"我刚才碰到古丽了,她说他们那里的贫民居正缺一个心理疏导助理,正好是我原来的专业,所以我想去试试。怎么样?"

"你那个专业可是很久都没做了。"

"我是因为你才转做设计经理的,其实我对自己的专业还是很有兴趣的,反正现在你的事务也不多。"

"嗯,去尝试一下未尝不可。不过……"他有些犹豫。

"你怕我不能胜任?"

"我相信你的能力,不过现在的业态变化太快,和你在学校学习时已经大不相同了。"

"我想去试试,在一个新行业,去适应新的环境、新的人,而且贫民居的事也是我们一直在关注的,亲自参与进去应该会很有意思。不过我先声明,反对无效。"

"我不反对。"

"我需要你的支持。"

"当然支持,你已经答应她了吗?"

"我只是说要考虑一下再回复她,她真是个很棒的朋友。对了,上次她和你说的项目怎么样了?"

"我已经把小蒋介绍给她了,不过有一部分还需要我的参与,并不复杂,现在进展还算顺利。"

"那好,就这么说定了。我要准备准备,过两天古丽会安排一次小型的面试,可不能一开始就搞砸了。"

面试那天,马科开车将她送到 A 点公司的大厦前,然后去到帝国大学的新材料实验室,他的这个项目需要使用一些他们刚刚研制成功的可自动调温材料。他的朋友彭博士在实验室担任第三研究员。从帝国大学出来后,马科接到娜娜(R)的信息,一小时后在 A 点附近的蓝风服装店接她。他到了之后先去旁边的咖啡厅要了杯浓缩咖啡,便坐下来边喝边查看邮件。有一个韩发来的视频邮件,邀请他参加一个关于"微进化"的酒会,参会者里还有他的两位朋友。"来吧,他们也很久没见到你了。"韩说。

刚喝完咖啡,一个陌生的电话打了进来,他接起来:"您好!"

"你好!请问是马科先生吗?"一位女士问道。

"是我,您是?"

"我是 B 区警局的警官，警号 HB1033，娜娜是您的妻子吗？"

"是，怎么了？出什么事了？"他被吓了一跳，急忙问道。

"您的妻子在第三街东侧一百米处被一辆车撞伤了，你能立刻赶来吗？"

"什么？伤得严重吗？"

"她被撞到了腿部，我现在不好判断，已经呼叫了救护车。你能赶来吗？"

"好的，我马上过去。请你照顾好她，务必要等我过去。"

他连感谢都没来得及说，就站起身奔出咖啡厅，脑袋里乱哄哄的。马科启动车子，一边向第三街赶去，一边给"新希望"的技术支持部打电话："我妻子娜娜刚刚在第三街遭遇车祸，请你们快点赶过去处理。她的代码是 MQ46398……"

他只用了十二分钟就赶到了第三街，匆忙将车停在一个专用车位上，不顾自动警示器发出的警示，向闪着蓝色警灯的地方跑过去。有几个人站在旁边围观，一辆出租车斜停在路边，救护车已经到了，两个医护正在俯身查看躺在地上的娜娜（R）的伤势。他蹲下来拉着她的手，急切地问："怎么样？撞到哪里了？"

"没事，就是腿站不起来，呀，还有些头疼。"娜娜（R）说着，露出痛苦的样子。

那个女警官走过来问："您是她丈夫吗？"

"是，我是马科。"

"先把她送到医院。"她对两个把娜娜（R）放到行动病床上的医护说道。

"先等等。"马科赶紧拉住他们。

"有什么问题吗?"女警官有些惊讶地问。

"请等一下,会有人和你们联系的。"他只好说。

"对不起,鉴于她的伤情和医生的建议,我觉得应该马上将她送医。"

"等一下,请等一下。"他一边说一边走到女警官身边,低声说道:"她和我们不一样,新希望公司的人已经在赶来的路上了。"

"嗯?哦……"她转头看了娜娜(R)一眼,又问:"你确定?"

"我确定。"

"这是程序,我只是要你确定一下她的身份。"她说完,走到医护面前说道,"先等一下。"

两个医护点点头,停下来,站在旁边小声地说着话。

女警官接到了一个电话,回应道:"好,知道了,我正在现场等着他们呢,好,明白。"又对医护说道,"她由新希望公司来处理。谢谢你们赶来。"

"你们怎么还不赶快将她送到医院?还在等什么?"站在旁边的一个人冲着医护喊道。

"她不归我们管。"一个医护耸耸肩。

过了不到两分钟,"新希望"的黑色医护车到了,两个穿着白色制服的年轻人拉着行动病床走过来,先是和女警官核对信息,又核对了马科的信息,然后将娜娜(R)从医院的行动病床上抬到他们的行动病床上，推进车里。

马科跟着坐进医护车。他们将她固定好，就都坐到前面的驾驶室里。他轻轻抚摸着她的脸颊，安慰道："没事了，一会儿就好了。"

"我会死吗？"

"不会，只是一点小伤，很快就会好的。"

"我怕疼，你要一直陪着我。"

"我会一直陪着你的，放心吧。"

驾驶室后面的小窗被拉开，一个医护冲他露出问询的样子，他点点头。

"不要乱想，先休息一下，一会儿就好了。"马科对慢慢闭上眼睛的娜娜（R）小声说道。他抚摸着她的头发，轻轻在她额头上亲了亲。

马科被安排在新希望公司的一个接待室里，被告知大约需要三十分钟。他看着不停播放的智能人介绍，想着娜娜（R）现在可能就在某个房间里，正在被扫描、检查，然后由几个智能人根据她的伤情进行修复，也许需要……他不愿再想下去。

他在屋子里焦急地踱着步子，门突然开了，一个戴着眼镜、手里拿着电子记事本的年轻女人走了进来，和他打招呼："您好！我是调查部的季子。"她在马科对面坐下来，用手捋了一下制服裙的下摆，自我介绍道。

"你好。"

"我们会定期对用户进行访问，如果您不介意的话，趁这个时间想对您做个访问,可以吗?"

"嗯……非要现在吗?我妻子正在里面。"

季子见他有些犹豫,就安慰说:"她在里面很好,过一会儿就会一切正常了,您不用担心。"

"好吧。"

"我看到的信息是你拥有 MQ46398 已经一个月了。"

"抱歉,请叫她娜娜。谢谢!"

"好的。请问这一个月来,您发觉娜娜有什么让您觉得意外的表现吗?"

"没有,她很好。"

"她是否意识到自己是智能人?"

"没有,完全没有。在我们家,她和我一样,没有分别。"

"真好。"

"请问您的家人对她的接受度如何?"

"对不起,我们还没有安排和父母见面,不过可能就在这几天。"

"好的。"

"您怎么看待新闻关于我们的一个女厨师的报道?您知道那件事吧?"

"我知道一些,不过并不了解全部情况。"

"那起事件对您有影响吗?或者说您担心她,娜娜女士什么吗?"

"我想应该没有,那不过就是一次普通冲突被放大罢了。我们人类之间每天的冲突,乃至流血事件多如牛毛,对吧。"

"嗯，您的话给了我们很大的鼓舞。"

"我有必要对自己的妻子担心吗？"

女士礼貌地笑了笑，继续问："对她有影响吗？"

"我看不出来有什么影响。"

"您和她讨论过这件事吗？或者她和您讨论过吗？"

"嗯，没有。我说了，我们并不在意那件事。我们觉得很普通，没什么。"

"我们知道您还定……有个孩子。"她只说出"定制"中的"定"字就意识到不合适，马上改口道。

"他叫乐乐，我儿子。"

"哦，真可爱。"她应该是调出了乐乐（R）的资料，平平淡淡地夸奖了一句，接着问道，"乐乐在学习上和以前相比是否有超常的地方？"

"没有。他和以前一样，还是对数学不太感兴趣。"

"对我们的工作，从设计到材料、工艺，再到维护、升级，您满意吗？我们特别期待您的建议。"

"没什么。说到建议，我想请你们能够用我们的眼光看待他们，称呼他们。另外，在突发事件的处理和保密上应该更及时、严格，避免让我们遇到不必要的麻烦和尴尬。"

"好的，您的建议我会转达给技术和决策部门。非常感谢您抽出的宝贵时间。好了，您的妻子已经在贵宾室等您了。"

19

"妈妈,爷爷奶奶是今天来吗?"

"是啊!怎么了?想爷爷奶奶了吗?"

"我想和爷爷奶奶去动物园,鹿鹿说动物园又新来了一头结龙,后背有两把刀,像白武士一样。"

"好,到时候你问问爷爷奶奶吧。"

马科从设计室出来,听见儿子说话,看了看时间,说道:"爷爷奶奶一会儿就到了,你都收拾好了吗?"

"收拾好了。"

"过来让我看看。"马科蹲下来,拉着乐乐(R)的胳膊左右转了转,把他的小衬衫整理了一下,"嗯!不错。"

门铃响了起来。

"我去开门。"乐乐(R)喊着推开门。

爷爷奶奶刚进了院子,看见乐乐(R)从房子里走出来迎接他们。

"爷爷,奶奶!"乐乐(R)非常兴奋,举着双手扑向爷爷。

定制时代
Custom Age

"哎！乖孙子，"爷爷弯着腰将乐乐（R）使劲儿抱起来，激动地说，"快让爷爷看看。"

乐乐（R）亲了亲爷爷的脸，又叫道："奶奶！"

"哎！让奶奶亲亲，乖！"奶奶也动情地亲着他胖乎乎的小脸，不禁润湿了眼睛。

"爸，妈，快进来。路上不堵车吧？乐乐，快下来，别让爷爷抱着你。"娜娜（R）走出来，对他们笑着说。

"好！好！"妈妈拉着娜娜（R）的手看着，一时不知该说些什么好。

"爸，妈，快进来！"马科推开门，请父母进来，和他们拥抱了一下，让他们坐到沙发上。

"您是喝咖啡还是喝茶？我们买了刚上市的新茶，您要不要尝尝？"娜娜（R）问道。

"知道您喜欢喝乌龙，是她昨天特地去买的。"马科笑着对妈妈说。

"好，好，那就喝茶吧。"妈妈应道。

"您先坐，尝尝我今早做的这几样小点心，我去泡茶。你陪爸妈说说话吧。"娜娜（R）又对起身想去泡茶的丈夫说道。

"她为你们的到来已经忙了一上午了。"马科笑着看着爸妈。

"真不用这么麻烦。"妈妈说道。

爷爷从手提袋里拿出一个盒子递给乐乐（R）："这是爷爷送给你的礼物，看看喜不喜欢？"

"是超人吗?"

"是一个会变形的机器魔方。"

"我有变形金刚和变形恐龙。"

"这个可以变出三种形状,来,打开看看。"爷爷说着,帮他把外包装撕开,打开盒子,拿出一个金属魔方,放到茶几上,"你按一下中间这里。"

乐乐(R)伸出右手食指按了一下上面中间的方块,传来一个机器人的声音:"Are you ready?"

"Yes!"乐乐(R)高兴地喊道。

机器魔方突然动了起来,那些小方块伴随着金属撞击的声音,伸伸缩缩,上下左右移动着,变成了一个方头方脑的机器人,还向后翻了个跟头。

"太棒了!太棒了!"乐乐(R)兴奋地拍着手,"你叫什么名字?"

"它还没有名字,你给起个名字吧。"爷爷说道。

"那就叫筋斗小子吧,怎么样?"

"这名字起得好。"奶奶应声夸赞道。

"你还能变成什么?"

"你按一下它的鼻子看看。"爷爷说。

乐乐(R)伸手刚要碰它的鼻子,它却又向后翻了个跟头,把大家都逗乐了。

等他再伸手摸到它的鼻子时,又传来"Are you ready?"的声音,然后咔咔咔地一边转动一边变成了一辆小警车,上面的警灯闪烁,发出一阵警报声。

马科看着说明书,伸手按了一下警灯,这时警车又变成了一只机械狗,汪汪汪地叫着。

"太好玩了,还能再变吗?"

"不能了,快谢谢爷爷奶奶!"

"谢谢爷爷奶奶!奶奶,你尝尝这个曲奇,里面的葡萄干是我放的。"乐乐(R)拿起五角星形状的小曲奇伸到奶奶嘴边,骄傲地说道。

"是吗!你现在都能和妈妈一起做曲奇了啊,真了不起。"奶奶夸赞着,吃了一小口,"真不错!你也尝尝。"

"爷爷,给你。"乐乐(R)又拿起一块递给爷爷。

爷爷摸了摸孙子的小脑袋,问儿子:"房子都收拾好了?"

"都好了。本来想在院子里搭个恒温的玻璃房,娜娜觉得不如就支一把那种可自动随着阳光调节角度的阳伞,所以也就不弄了。订的阳伞可能明后天就会送到,安上就行了。"马科指着院子左侧靠窗的位置。

"嗯,不错,这个房子看起来比张先生的那个要好些吧?"妈妈对丈夫说道。

"要大一些,更宽敞些。"爸爸左右看了看。

"您要不要看看?"马科问道。

"好。"

"爷爷,我带你去看看我的游戏室。"乐乐(R)又兴奋起来,拉着爷爷站起来。

"是吗？你还有自己的游戏室啊！快去看看都有什么。"奶奶也笑着站起来。

爷爷奶奶先被孙子拉到他的游戏室。乐乐（R）指着桌子上搭建起来的模型说："这是我和爸爸搭建的氪星，这是超人的爸爸和妈妈，这是守卫者，这个，爷爷，这是双翅神兽，激光枪都打不到它，还会隐身。"乐乐（R）拿起每个模型滔滔不绝地向他们说着，一脸得意。

"这个是未来世界，还没有搭好，等下次你们来时就能搭好了，我们就可以坐着时光穿梭机去到未来世界了。"

"真厉害！"爷爷透过眼镜低头仔细看着。

"好了，让爷爷奶奶去别的房间看看吧。"马科对儿子说道。

他们从楼上下来时，娜娜（R）已经为他们倒好了茶水，一家人都坐在沙发上，乐乐紧挨着奶奶，还在给她说着动物园里的新恐龙。

"您觉得怎么样？"娜娜（R）笑着问。

"很好！比云端那里要舒适很多，我每次坐那个透明的电梯都不敢睁开眼睛。"奶奶笑着说，意味深长地看了看儿子。

"本来应该早点请你们过来，因为没有彻底弄好，就拖了这么长时间。"娜娜（R）说道。

"这个茶真是不错。"爷爷喝了口茶，品了品。

"我特意多买了一点给您带回去。他们那里这个品种每年只有很少的量，每个人还限量呢！"

"哦,那可真是难得。"奶奶说。

"他们那里很多品种都是极少,又限量,倒是搞起计划经济了。"马科打趣地介绍着,摸了摸妻子的胳膊。

"下个月还有一个新品种到货,我也没喝过,到时再早点去买一些给您尝尝。"

"不用那么麻烦了。"奶奶说。

"奶奶,我们一会儿去动物园吧。"

"一会儿吃完中午饭再去,好吗?"马科对乐乐(R)说道,又对爸妈说,"咱们一会儿去这附近一个很好的餐馆,有您最喜欢的和牛奶酪肋眼牛排,沙拉也非常棒,店里经常爆满,而且只接受预订,娜娜昨天就已经预订了位置。"

"好。"爸爸应道,又伸手捏了捏乐乐(R)的小脸蛋。

"对了,韩下周想请我们一起过去,也请你们一起,他爸爸妈妈正好也过来,就我们两家一起聚聚。您看怎么样?"马科问。

"下周吗?"妈妈问。

"对,应该是下周,对吧?"他转头问妻子。

"是下周末。"娜娜(R)说。

"哦,我们下周要去一个朋友家,就是你妈妈的一个老同学那里,可能要住两天,不过顺利的话,他们要是不那么热情的话,哈哈,会在周四回来。"爸爸笑着说。

"好,那就先这么说定了,我一会儿和韩说一下,咱们两家也很久没在一起聚聚了。"马科说着,突然像想起了什么,讪讪地笑了笑。

"鹿鹿说到时候要送我一件礼物。"乐乐（R）兴奋地说。

"什么礼物啊？"奶奶探身问。

"我还不知道，等去了才知道。"乐乐（R）有点难为情。

又坐着说了会儿话，娜娜（R）对马科说："时间差不多了，我们去吃饭吧。"

20

餐厅在第六街的路口北侧，门廊上是一条头上有道白色闪电的蓝色鲨鱼，扭身露出凶恶的大嘴，旁边是霓虹灯装饰的店名——寒山。他们到达时，门口的横栏前有十几个人在那里排队，一个身穿酒红色制服、头戴金丝镶边礼帽的男招待站在横栏前。马科一家就排在一对看起来像是情侣的男女后面。

"怎么还不开门？"乐乐（R）问。

"还有两分钟。"娜娜（R）指着门旁的倒计时器小声对儿子说。

"想不到这里的规矩这么多！"爸爸对妈妈小声说道。

"看来味道应该不错。"

一个十五六岁、身材高挑的女孩挽着一位看起来有七八十岁的老人排在他们后面。在倒计时结束时，上面显示出"Welcome"，男招待才开始核对最前面的人的预订信息，并摘下横栏的金色软绳，彬彬有礼地说道："请进。"

马科对娜娜（R）耸了耸肩："还好吃了点你做的曲奇。"

定制时代
Custom Age

他们向前慢慢挪动着，前面还有三个人时，突然发出一阵"滴滴滴"的声音，男招待跨过去，伸手拦住正要进门的两个男人："先生，先生，请等一下。"

"怎么了？"穿着黑色休闲西装的年轻白人不解地问。

"对不起先生，我们这里只接待预订的人。"男招待有些尴尬地说。

"我们预订了。"另一个穿着白色同款休闲西装的年轻黑人望着同伴说。

"当然预订了，两位，麦克·唐预订的。"

"先生，我核对过了，是麦克·唐预订的，是您吗？"

"是我。"白人青年应道。

"先生，您没搞清我说的话。"

"你们只接待预订的人，不是吗？"

"是的，先生。"

"我预订过了啊！你也核对过了。"

"您是预订过了，可是……"男招待有点不知该怎么表达。

"可是什么？"

"我们只接待预订的'人'，您清楚了吗？"男招待把"人"说得很重，然后看着他。

"真是莫名其妙，我不是人吗？你是狗吗？"他显然有点生气了，指着同伴嘲讽道。

"先生。"

"你们到底是怎么搞的？今天是我们的纪念日，提前一周就预订了,专门从 A 区赶过来的,你却在这里不让我们进去,你想多要点小费是吗?是吗?"白人青年嚷道,排在后面的人也都疑惑地望着男招待。突然有人说:"喂!到底怎么回事?"

"我很抱歉没能为您提供您希望的服务,但是本餐厅只接待预订的人,很抱歉。"

"嘿!大家都听到了吧!他们只接待预订的人,而我们预订了却不被接待,第三共和国还有比这更莫名其妙的事吗?有吗?你们说,有吗?"白人青年扭身用煽动的语调高声说道。经过的人有的停下来看着,后面的人发出一阵轻笑。

"先生,先生,请听我说。"男招待说着,等着他停下来。

"说吧,我倒要听听你们的高见。"白人男青年叉着腰不屑地说。

排在马科他们后面的老人似乎明白了怎么回事,悄声对女孩儿说:"走吧,我们去别的店吧。"

"怎么了爷爷?我们不是也预订了吗?"

"这里恐怕不欢迎我们,走吧。"

"为什么?今天可是我生日。"

"我会给你过个特别棒的生日的,走吧。"

马科回头惊讶地看了老人一眼,老人尴尬地笑了笑,和孙女转身向第七街方向慢慢走去。

"先生,是这样。我们这里'Only for human beings',请您原谅。"男招待正色说道。

"仅限人类?你说你们这里仅限人类?"

"是的,先生。"

"我不是人类吗?"

"您是,但是它不是,抱歉。"男招待说完,挂上软绳。

"嘿!我说你们到底是怎么回事?你们有什么权力拒绝顾客?"

"先生,我和您说了,这是我们餐厅的最新规定,还请您谅解,给您造成的不便我们只能深表歉意,您下次来的时候会给您适当补偿。"

"算了,我们走吧。"黑人青年拉了拉同伴的胳膊,小声说道。

"算了?不能就这么算了。"

一位穿着金边西装的五十多岁的中年人推门出来,问:"怎么了?"

"这位先生……"男招待刚想说下去,就被白人青年给打断了。

"我预订了两人的位置,他居然说什么'Only for human beings',真是岂有此理!"

"你好!我是今天的值班经理,来,我们到这边,先让后面的其他人进店,我来和您解释。"

"不行,你们就在这里解释吧。"

"这样其他的客人就要因为我们对规则不同理解的争论而影响用餐,这恐怕不是您想要的吧?"值班经理说话时一直带着浅浅的职业微笑,语调平缓,不卑不亢。

"这是你们的原因,和我没有关系。我们只想进去就餐,现在就算你们请我进去我也不会进去,但是就这件事我要和你们理论理论,凭什么不让我们进去?"

男招待凑过身低声和值班经理说了几句,就站在一旁。爸爸、妈妈回头看着马科,露出忧虑的神色。马科低声对娜娜(R)说:"我们今天不在这里吃了,你先带着爸妈去七街的维科西餐厅吧,我把预订取消了,随后就过去。"

"好吧。"娜娜(R)低头对儿子说了几句。马科扶着爸妈的肩头,悄声请他们和娜娜(R)去七街那边用餐,自己走到前面,值班经理正在说着:"很抱歉给您造成困扰,但是这是本店股东的集体决定,我们只有照章执行,还请您谅解。"

"你们开餐厅的现在倒成司法机构了,就算是最高法院现在也没有禁止我们啊!"

"对不起,我们只是营利性私人机构,我们有自己的规定。"

"难道你们的规定就可以违背法律吗?"

"这个我不好妄自判断,我们只做可以做的事。您要是有什么建议或者意见,也可以向政府的食品监管局反映。"

"你们这是赤裸裸的歧视行为。"白人青年在同伴的拉扯下仍旧不依不饶。这时一个胸前佩戴着"坐标"新闻标示的女记者不知从哪里突然出现在他们身前。

"你们好!我是坐标新闻的罗拉,请问发生了什么事?哪位能说一说?"女记者说完将细细的话筒伸向旁边的几个人。

"我来告诉你。"白人青年说。

"好,请问您怎么称呼?"

"我叫麦克·唐,我和同伴今天来这里庆祝我们的纪念日,我提

定制时代
Custom Age

前一周预订了两人位，对不对？我是不是预订过？"他说着转向男招待，气势汹汹地问。女记者将话筒伸向男招待，他没有说话，只轻轻点了下头。麦克·唐继续说道："你猜怎么？他们居然不让我们进去，说什么只接待预订的人，是'人'，你明白吗？是'人'，'Only for human beings'，明白吗？他们现在擅自就给自己增加了权力，成了司法机构，随意限制消费自由，有意思吧！"

"请问，是这样吗？您是值班经理吧。"女记者转向值班经理。

"我是今天的值班经理。不过需要说明的是，我们是商业机构，有自由经商的权力，有制定规则的权力。"

"你们的规则剥夺了我的自由，那算什么规则？那是非法的，不人道的！"

"抱歉，我已经解释过了。"

"那好，我问你，在我前面的两个人抱着一只吉娃娃进去了，吉娃娃是你们定义的'人'吗？"白人青年质问道。

值班经理扭头小声问了男招待两句，才说道："吉娃娃当然不是人，但是小狗不是顾客，不是来这里用餐的。"

"瞧瞧，瞧瞧，现在什么是'人'，都要由他们来定义了。你们可真够厉害的！"

围观的人群中有人喊道："这是法西斯主义！"

"对，法西斯最初就是这么对待犹太人的！我们要是不抗议，以后他们就会这样对待所有人的！"

"抗议！"

"抗议不公平！"

"抗议限制消费自由！"

"抗议限制自由！"

"看来在这项规定面前人们还是有很多不同的看法。请问贵店这个规定有多久了？"罗拉问值班经理。

"有一段时间了。"

"具体点。"

"嗯……这个我要查一下。"值班经理推脱道。

"是从智能人厨师事件发生后开始的吗？"

"我需要查一下才知道。"值班经理显得有些窘困。

一个留着络腮胡子的高个子男人走到他们近前道："我来说两句，我来说两句。"

"好，我们听听这位消费者的看法，请问，您也是到这里用餐的吗？"罗拉问。

"是的，我是这里的VIP会员。"

"金先生！我们已经为您安排了好位置。"值班经理微微侧身点头致意道。

"先听我说。我来这里用餐已经有四年，快四年了，但是今天我很生气，你们这个规定我觉得不合时宜。智能人已经进入我们的生活了，我们人类不能总是这么固执、封闭，甚至敌视他们，如果连用餐都要区别对待，真不知道以后还会发生什么！"

"金先生，我们也是为了保障像您一样的客人的安全。"值班经理说道。

"如果你们继续这样的规定，我将退出你们的会员，永远也不再到你们店来。"金先生语气严肃地说完，转身和一位高个子的中年女人走向旁边自己的车子。围观的人们有的开始鼓起掌，有的吹起口哨，也有的叹着气，摇着头。

围观的人越来越多，罗拉开始采访其他人。值班经理走到一边，侧着身在电话里说着，不时点着头，说："好，好，我知道了。好。"

马科从后面走到男招待侧面，对他说道："我要取消今天的预订。"

"先生。"男招待有点尴尬地看着他。

"马科，五个人的预订，帮我取消吧。而且，我对你们这种歧视行为表示抗议。"

在维科西餐厅用餐的人也不少,马科一进来就看到画面正在播报刚刚发生在寒山餐厅的新闻,那个男招待正伸手拦住那两个年轻人。他经过几个被隔断隔开的餐桌,几乎所有用餐的人都在看新闻。他走到里面的八号餐桌,几份开胃小菜已经摆在桌子上,乐乐(R)正叉起一片蜜汁莲藕送进嘴里。

"抱歉没让您尝尝那里的和牛牛排,这里的牛排也很棒。"他坐下来,有点尴尬地对爸爸说。

"这里很好,我以前和你妈妈来过两次。我已经给你也点了一份。"爸爸微笑着说。

"还没有点酒,爸爸说等你过来再点。"娜娜(R)说道。

"您想喝点什么酒?冰葡萄酒怎么样?"

"好,就冰葡萄酒吧。"

"我呢?"乐乐(R)嘴里嚼着莲藕,含糊不清地问。

"你呀!要不要也来点酒呢?"

"不要，我还没到喝酒的年龄呢。"

"橙汁怎么样？"娜娜（R）摸着乐乐（R）的头，笑着问。

"我想喝……汁。"乐乐（R）有点模糊地说。

"什么汁？"

"橙——汁。"他拉长声音用力说道。

马科看了看点的菜品，又加了两份甜点，说道："耽误了快半个小时了，都饿了吧。"

"那边怎么样了？"娜娜（R）问。

"我走的时候还没有让顾客进去呢，还在争论不休。"他朝着正在播放的新闻努了努嘴。

"唉！真是不知道该说什么好了。"妈妈叹着气说。

"我们总是缺乏宽容的精神，从来都是这样。"爸爸坐在那里看着乐乐（R），神情里透着几许无奈。

"我听说下周就有综合格斗的总决赛了，你不去看看吗？"马科对娜娜（R）说道，还没等她回答就接着说，"她现在正在学习巴西柔术，现在连我都不是她的对手了。"

"当然要去了，这可是无限制格斗顶级的赛事。"娜娜（R）兴奋地说。

"是柔道吗？"爸爸问。

"不是，是一种格斗用的地面技术，真的很厉害，被锁住就只有投降的份了。上次在家里我就被她轻松制服了，差点昏过去。"马科笑着夸奖着妻子。

"您别听他乱说。那是你太笨了，我只是初学，很多技巧还不懂呢。"

"看来我也要学点什么功夫了，比如跆拳道什么的，免得没有招架之力。"

"听起来有点危险啊！"妈妈说着，语气里似乎有些担心。

"您别担心，我只是为了健身，离真正的格斗差着十万八千里呢！"

"我也要学巴西柔术。"乐乐（R）叫着。

"你呀！小肚子那么鼓，还是学学巴西的桑巴舞吧。"爸爸笑着逗着孙子。

"我，不学，桑巴舞。我，要学，巴西柔术。"乐乐（R）瞪着爷爷一字一顿地说道，把大家逗乐了。

一个双轮机器人滑了过来，将托盘里的冰葡萄酒放进桌子上的酒器里，又将一大杯橙汁放下，说了声"请慢用"，转身优雅地滑走了。

"我们现在的生活哪能离开他们呢？"妈妈看着机器人的背影感叹道。

马科站起来，拿起葡萄酒，用启瓶器将软木塞拔出来，先给爸爸倒了半杯。"您也陪爸爸喝点？"他问妈妈。

"来一点吧。"妈妈应道。

马科给妈妈也倒了小半杯，举着酒瓶问娜娜（R）："你呢？"

"我陪儿子喝橙汁吧。"她说着倒了两杯，举起杯子和儿子碰了一下："干杯！"

- 141 -

定制时代
Custom Age

"干——杯。"乐乐（R）应和道。

"我们一家人很久都没有在一起聚聚了，来，一起干杯吧。"爸爸举起酒杯，大家一起举杯示意，喝了一小口。

机器人又滑了过来，将四份牛排放在桌子上，把一个小份的放在乐乐（R）面前说："这是小朋友的全熟嫩牛粒，请慢用。"

新闻里在播放着对围观人群的采访。"爸爸，那——是你吧？"乐乐（R）突然指着画面道。

画面的最右侧，马科正侧身对男招待说话，还回头看了一眼正在采访围观者的记者，然后就消失了。

"我在和他们说取消预订，并抗议他们的歧视规定。"

"我支持这个规定。"一个看起来略带嬉皮士风格、头发有些花白的男人说道，他们都停下来看着。"这个世界就是应该有点规矩，不能什么都是非不分，地球是人类的世界，是人类的家，它们是什么？凭什么要和我们一样！"

"请问您家里有机器人产品吗？"记者问。

"没有。我没有家，也永远不会使用这些机器魔鬼。"

"都什么年代了，居然还有人有这种愚蠢的思想。"马科摇着头说。

"不奇怪，人是不会有什么实质性的进步的，哪个年代都有极端保守的人。"爸爸说。

"我看他就是个流浪者，把自己的不幸怪罪到技术进步的头上。"马科说道。

"都要有个过程。我们刚结婚时,你爸爸把家里的玻璃都换成了自动感光调温的那种,晚上就自动转换成外面不可见,可我还是每天晚上都要拉上窗帘呢!"妈妈说着笑起来。

"乐乐,好好吃饭,怎么都弄到桌子上了?"娜娜(R)小声对儿子说,并用纸巾将落在盘子外的芸豆和两小块牛肉粒收起来。

"怎么了?小家伙,不喜欢吃吗?"马科歪头看着儿子。

"喜——欢。"乐乐(R)脸上露出怪异的笑容,右手拿着叉子在盘子边没有牛肉粒的地方一下一下地叉着。

"这里。"娜娜(R)扶着叉子对准中间的一小块牛肉粒,按下去,终于叉起来,他的动作有些缓慢地在往嘴里送,却撞到嘴角左侧的脸上。

"怎么了宝贝?"娜娜(R)俯身过去疑惑地问。

"我要去洗手间,小家伙,要不要一起去?走吧。"马科站起身,对乐乐(R)伸出手。

"我不,想去。"乐乐(R)说道。

"走吧,看你的手都脏了。"马科微笑着将他拉起来,对娜娜(R)叮嘱道,"你陪爸妈先吃着。"爸爸和妈妈对望了一眼,没有作声。

乐乐(R)走得很慢,还不稳,马科心里有些着急,索性弯腰将他抱了起来。

"我自——己——走。"乐乐(R)慢悠悠地说。

"爸爸抱你。"马科说,经过靠里面的一个位置时看到刚才的爷孙俩也坐在那里。

男洗手间里一个中年人正在小便。他推开最里面的一个门，放下马桶盖，让乐乐（R）坐在上面，回身将门锁上。

"爸——爸，妈——妈。"乐乐（R）目光直勾勾地盯着斜上方，一字一字地说。

"小家伙，看着爸爸，看着爸爸。哪里不舒服吗？"马科问，扶住乐乐（R）的小脸，想让他看着自己。孩子的脖子僵硬直挺，眼睛睁得大大的，脸上的肌肉不停地抖动着。

"小家伙！小家伙！"他压低声音叫着。门吱呀响了一声，一个人走了进来，迈着有些沉重的脚步。

"火，火……"乐乐（R）突然说道，挣扎着想下来。

"好了，不要动，没事了，没事了。"马科一边安慰着，一边让他处于停止状态。

他半蹲在乐乐（R）面前，双手握着他的小胳膊，将头埋在孩子的膝盖上。乐乐（R）半仰着头，上身微微扭曲着，瞪着大眼睛像座雕像一样一动不动。

马科略微平复了一下心绪，抬起头来看着儿子有些怪异的表情，抽了抽鼻子，拨通了"新希望"的技术支持号码。

"您好！马科先生，请问有什么需要我们提供帮助的？"

"你好！我的孩子，编号是CL91018102，突然说话困难，身体有些僵硬。"

"您不要着急，您是说他说话困难，身体僵硬吗？"

"对，他对我的话没有正常回应。"

"请问是什么时候发现的？"

"刚刚，我们正在用餐，之前在家里还都很好。"

"知道了。还有其他和平时不一样的地方吗？"

"暂时还没有。我现在和他在一个单独的房间，刚刚让他停下来。请问是怎么回事？"

"根据您的描述可能是程序由于某种原因出现一些紊乱。请问我们可以执行远程扫描吗？好具体确定哪里出了问题。"

"嗯，好吧。需要多久？"

"扫描需要三分钟，如果您允许的话我现在就执行扫描。"

"可以。"

"好，请您等候三分钟，扫描完成我会告诉您。"

"好，谢谢！"

他站起来，活动了一下有些发麻的双腿，抽出一张纸巾擦了擦鼻子。餐厅的音乐正播放着肖邦的《小狗圆舞曲》，他想起乐乐小时候听着这些乐曲时手舞足蹈的样子、蹒跚学步的憨态，心里不禁五味杂陈。

他站在孩子身边，摸着他柔软的头发，脖子后细嫩的皮肤，又有些担心起爸妈来，他们是不是也看出来乐乐（R）的异常反应？会不会在心里开始担忧起来？他们会理解他只是生病了，就像小时候感冒发烧一样，都是成长阶段必然会经历的波折吗？

"马先生您好！扫描已经完成，根据扫描我们发现他只是在语言及平衡，还有反应模块有一些小问题。现在我们可以提供相应的修复升级,请问您想什么时候开始?"

"没有其他的问题吗?"

"没有发现其他问题。请问您想现在开始修复升级吗?"

"好,马上开始吧。"

"好,修复升级程序现在开始,大约需要三分钟,请您耐心等候。"

"谢谢!"

他将侧面的折叠椅从壁板上拉下来,坐下,双肘撑在腿上,两只手交叉抵住下巴,乐乐(R)正侧向他这一边。他看着孩子圆圆的、半透明的小耳朵,耳朵下那一小块小指指甲盖大的淡青色胎记,又浓又黑的眉毛……

门又吱呀响了一声,有脚步声响起,停下,过了两秒钟又重新响起。

"马科。"爸爸叫道。

"爸爸,我们马上就好。"马科立刻应道。

"乐乐没事吧?"

"没事,您先回去吧,我们马上就好。"

"好。"爸爸说着,脚步声响,接着是开门的声音。

"马先生您好!"

"你好!"

"修复升级已经完成,现在您可以启动了,请不要挂断电话,如果有异常请告知我。"

"好,请等一下。"他说着,发出启动的指令,乐乐(R)缓缓闭上眼睛,手臂也放下来,接着睁开眼睛,看着爸爸,开口说:"爸爸。"

"小家伙,好了吗?"

乐乐(R)扭头看了看说:"好了。爷爷奶奶呢?"

"在外面吃饭呢,走吧,先去洗洗手。"他说着,打开门让儿子先出去,然后对电话另一端说,"好了,没事了。谢谢!"

他跟在后面看着乐乐(R)走路的样子,长吁了一口气。

"小家伙,你最喜欢的甜点都上来了。"马科走到座位边对儿子说。

"哦!蓝莓慕斯。"乐乐(R)高兴地叫着。

"你们怎么去了那么久?"娜娜(R)笑着问道。

"我肚子有点不大舒服。"

"怎么了?"

"没事,好了。来吧,爸妈,再喝一点酒。"他见他们酒杯里只剩一点,就拿起酒瓶又倒了一些。

"上次听妈说您打算接受一个研究项目?"马科问道。

"爸爸刚才说已经确定了。"娜娜(R)应道。

"那可真是不错,据说那个项目得到了政府的支持,未来的应用前景很是被看好。"

"可是我对大气环境的人工改造多少还持些保留意见,参加这个项目主要也是想尽可能地将我的理念融合进去。"爸爸喝了口酒说道。

"我觉得本届政府提出的'改造世界'的口号似乎有些激进,就像对大气的局部改造，虽然打着修复的名义，但是我觉得已经是权力的僭越了。"

"不喊口号就不是政治家了，至于能不能施行就是另一回事了。"

"你们不要一到一起就谈论政治好不好，这是家庭聚会，又不是议会。"妈妈责怪道。

"有人的地方就有政治嘛！"爸爸自嘲道。

"也许未来有那么一天，会有一个有人而又没有政治的时代。"马科笑着说。

用完餐，马科本想和那位爷爷握手致意，拥抱一下那个女孩子，但他还是犹豫了一下，走出了门。

22

　　马科和韩两家人聚会后的第三天上午,马科和娜娜(R)一起去贫民居的项目中心参加了一个给住在那里的孩子做短期艺术训练活动的启动仪式,娜娜(R)还和舞伴一起表演了一段拉丁舞,她跳得还是那么好。

　　下午,马科在健身中心游了会儿泳,然后在躺椅上晒了会儿太阳,构思着自己想单独做的一个设计。在上午的培训中,不同肤色的孩子们表演的一个造型舞蹈启发了他,他在想是不是可以用一些特别的造型,结合古代、近代和现代一些代表性的元素和色彩来表达"界限"这个主题。

　　他在本子上画了几个造型的草图,看了看,似乎还缺点什么能够触动自己的符号性的东西。他已经下载了几个20世纪的纪录片,也许可以从中找到一些灵感。

　　他看了看时间,赶紧起身出来。路上竟然碰到一起车祸,在快到学校的前一个路口,又碰到一起更严重的,几乎把他这个方向的

定制时代
Custom Age

路都堵死了。他等了几分钟还是没有移动的迹象，只好将车设成自动驾驶泊车模式，下车快步向学校走去，并给乐乐（R）发信息，告诉他在门口等着，自己马上就到。

在距离学校门口二三十米的地方，有五六个学生聚在校门东侧的路边，走近了才发现他们围在一起玩闹着。他左右看了看，没有看到乐乐（R），进到校门里，还是没有看到。他拨打儿子的电话，一直是铃声，没有人接听，不禁担忧起来，正好乐乐（R）班的莺莺走了过来。

"莺莺，你看到乐乐了吗？"

"他比我走得早，说在校门外等您呢。"莺莺说。

马科赶紧又出了校门，看到原本在玩闹的几个孩子已经撕扯在一起，其中的一个孩子扯着另一个孩子的背包，又使劲推了一下，叫道："我们不欢迎你到我们学校！"另几个也嚷嚷着。

他急忙走过去，说道："你们这些小家伙在干什么！"

几个人停下来，望着他。

"爸爸。"乐乐（R）从一个长得比他高一头的学生后面探出头叫道。其他的孩子见状立刻四散跑开。乐乐（R）委屈地扑向爸爸。

"怎么了？"他蹲下来抱了一下儿子，那几个孩子已经跑出二三十米远，停下来聚在一起看着这边。乐乐（R）哭着说："他们欺负我，不让我来上学。"

他气得霍地站起身，那几个孩子见状又转身跑起来。他心疼地摸了摸儿子的头，边为儿子整理扯得歪斜的衣服，边安慰着："小家伙，是他们不对，我们不怕他们，你是最勇敢的，对不对。"

"可是他们不讲道理。"乐乐（R）抽噎着说。

"最重要的是我们要讲道理，我们要做有礼貌、守纪律的人，对吧。"他为儿子擦了擦眼泪，继续安慰道，"我相信你没有错，你也要相信自己，对不对？"

"我没有错。"

"对，你没有错。我们走吧。"他拉起儿子的手向停车的地方走去。那条街上发生碰撞的车子已经移走，交通顺畅起来。他们进到车里，系好安全带，马科回身摸了摸儿子的头，发动起车子。

"爸爸，他们为什么说我是机器人？"

"这只是他们骂人的蠢话，你和爸爸妈妈是一样的人。"他心里一疼，赶紧说道。

"我不想被同学骂是机器人。"

"我会向你们老师反映这些学生的不良行为，让他们得到教训。"

"爸爸，我不想上学了。"

"为什么不想上学了？"

"我怕他们以后还会欺负我。"

"小家伙，爸爸跟你说，这个世界上并不总是和平安全的，有时候会有一些麻烦和不公平的事发生，爸爸像你这么大的时候也被人欺负过，但是没什么大不了的，我们是男子汉，我们不怕，我们总会战胜他们的。"

"嗯。"

"他们要是再欺负你,你就告诉老师,你也可以还击。我不允许你欺负别人,但是别人欺负你时,你就要勇敢还击。"

"可是,爸爸,我们不是要爱别人吗?"

"我们当然要爱别人,这没错。但是当你受到无理欺负,特别是身体受到攻击时,你就可以还击,让他们知道你的厉害,告诉他们欺负别人是不对的。"

"我很厉害吗?"

"你当然很厉害,我和妈妈都觉得你是最棒的。"

"可是……"

"不要怀疑自己,你就是最棒的。"

"我是最棒的。"

"对,你是最棒的。"

他伸出手掌和乐乐(R)响脆地击了一下掌。

第二天早晨,他把乐乐(R)送进校园后,来到教师办公室,推开门,问道:"请问卫老师在吗?"

"我是卫老师,您是乐乐(R)的爸爸吧,请进。"一位和他年纪相仿、扎着马尾辫的女老师从侧面的桌子旁站起来说道。

"我是想和您说说昨天的事。"马科走到桌前。

"您先请坐,稍等我两分钟,我要处理一下。"女老师示意他坐在旁边的椅子上,发了两条信息,将桌子上的几份资料整理好放进抽屉,然后做了个终于结束了的动作,坐下来。

"好了,您说吧。"

于是，马科将昨天放学时在校门口发生的一幕复述了一遍，并说道："孩子觉得很气馁，因为他没有什么错，但是却被粗暴对待，虽然这只是发生在孩子间的一些打闹，不过对于一个具有包容性的学校来说，出现这种排斥性的事情是不应该的。"

"我非常理解您，也对乐乐（R）遭受的伤害感到抱歉。您昨天简单和我说了之后，今早到校后，我就已经到保卫处调取了影像资料，确认出了那几个孩子。我们并不把这次事情定性为日常的打闹，因为涉及不同人群的认同，这种排他性的敌视可能会引起更大的不安。所以，刚刚我已经和他们的家长谈过了。一会儿，几个学生将当面向乐乐（R）道歉。"

"谢谢！我想惩罚不是教育的目的，我是希望他们能够友好相处。"

"谢谢您的理解，这也是我们的愿望。"

乐乐（R）来到了办公室，看到爸爸也在，就走到马科身边。随后，学生依次进来，一共四个，站成一排，并没有那个高个子男生。

"好了，我们都聊过了，我们学校的目的就是促进文明的融合，所有人都要相亲相爱，友善帮扶。我们不是要惩罚你们，而是要你们明白其中的道理。去吧，握住朋友的手。"卫老师和善地说完，看着那四个学生。

四个学生依次走到乐乐（R）面前和他一边握手一边说"对不起"。

"去吧，和你的朋友们在一起。"卫老师对乐乐（R）说道，并

定制时代
Custom Age

做了一个可以出去了的手势。乐乐（R）跟在四个学生后面出了办公室。

"还有一个学生今天没有来。"卫老师解释道。

"嗯，个子高一点的吧？"

"是的。我昨天在和他爸爸沟通的时候不太顺利，他似乎被最近的一些新闻事件影响到了，提出一些质疑，主要是出于安全方面的。您知道，很多好的事情向前走起来都不大容易。"

"可以理解，毕竟这是一个很大的变化，所以我对贵校的办学宗旨很是敬佩。"

"我希望他能回心转意，让孩子回到学校来。"

"是的，进步是需要大家一起来推动的。乐乐（R）表现得很好，希望您能给予他必要的帮助。"

"会的，我们都希望孩子能在学校健康成长。"

马科从学校出来，想起那几个学生向乐乐（R）道歉时的样子，有一个看起来挺勉强的，没有像其他三个那样握手，只是拉了一下乐乐（R）伸出的手，没有完全掩饰住轻蔑的眼神。

那个高个子学生连续几天都没有到校。过了一周，马科装作随口一问的样子问了一句，乐乐（R）告诉他那个男生退学了，听说转到别的学校去了。

"你好！艾拉。"

"你好！我这是在哪里？这是医院吗？"艾拉睁开眼睛，看着坐在对面一男一女两个人，疑惑地问。

"这里是新希望智能制造公司，我是总设计师迈克。"一个三十多岁、穿着绛紫色西装的英俊男人说道。艾拉看到他左胸的铭牌：麦克，新希望。"这是公司的心理测试师，安娜。"

"我怎么会在这里？庆吉先生他们怎么样了？"艾拉问道。

"他们很好。"

"我刚才是不是晕过去了？"

"没有，"安娜看着艾拉说道，"那已经是很多天之前的事了。"

"很多天了？我怎么一直没有印象，到底发生了什么？"

"艾拉，现在你要保持情绪稳定，我们有些事情要让你知道。"

"怎么了？到底怎么了？是不是木木？天哪，他才七岁！"

"不是木木，不是其他的任何人，是关于你自己。"

定制时代
Custom Age

"我已经被你们给搞晕了,到底是怎么回事?请你们告诉我,我怎么会昏迷了这么久?天哪!"

"没什么,你只是被关闭了。"

"什么?"

"艾拉,你先不要急,我会告诉你发生了什么。"安娜说道。

艾拉看着眼前的两个人,又扭头看了看这个像是会客室的场所,还是想不起来到底发生了什么。

"我先和你说说新希望智能制造公司。"迈克说道。

"和我有关系吗?"

"当然有关系。新希望智能制造公司是一家开发、制造人工智能机器人的公司,公司最主要的产品就是可定制的高等级机器人,我们命名为'智能人',有智能人伴侣、智能人亲属,也有智能人厨师。你听懂我的意思了吗?"

"你是说,我不是人,是你们制造的智——能——人?"

"是的。"

"天哪!开什么玩笑,这怎么可能!"

"艾拉,我知道接受起来有些困难,不过这是事实。你先冷静一下,我给你看个视频资料,好吗?"安娜温言安慰道。

视频里是艾拉熟悉的庆吉先生家的厨房,她自己将煎好的牛排放进盘子,端着走向客厅南侧的餐桌,庆吉穿着睡袍已经坐在餐桌边。她放下盘子,庆吉先生看起来愁眉不展,拿起一片面包放在盘子里,问道:"果酱呢?怎么没有果酱?""我在问你,怎么没有果酱?"庆吉先生看着厨师。她转身走向冰箱,在右侧门的中间格子拿了一个小瓶子,走回去放在他面前。庆吉先生厉声说道:"这是蜂蜜,我要的是果酱,每天早晨吃的果酱!都被你偷吃了吗?""这是你要的果酱。"……

艾拉看到自己确实是从中间格子拿了一小瓶蜂蜜,而上面格子整齐地放着四小瓶果酱,自己竟然视而不见,怎么会这样?她不停地搓着手,局促不安地等待着一个似乎可怕的结果。迈克和安娜只是面色平和地坐在那里,不时观察着她。

视频里庆吉先生开始骂她,这不是往日熟悉的庆吉先生的样子,而她怎么一直在重复着"我是按照正确的方法和时间来做的"。天哪!当庆吉先生拿起盘子砸向她的时候,艾拉吓得双手抱在胸前打了个激灵。

"看最后面吧。"迈克对安娜说。

"不用,"她觉得自己在不由自主地颤抖着,"我想都看看。"

安娜看了一眼迈克,迈克抖了一下眉毛。画面继续播放着,艾拉看到庆吉太太从楼上下来……一个陌生的自己突然转身向后准备跑开,跑了两步转向楼梯,木木站在楼梯上奇怪地望着她,接着自己被一个东西砸倒……被拖向门外……庆吉先生一边骂着,一边压住自己,用锁链锁住她的脖子,有人在说话,庆吉先生嚷嚷着……"是啊!她只是个女人,你不能这样锁住她,这是犯罪。"庆吉先生旁边的一个女人说道……庆吉先生大口喘着气说:"它不是人,只是一个机器,是我们买的一个机器,不是人。"……"你不能像锁条狗一样锁着她,你看她多可怜。"……"我说了,它是我们买的一个机器,不是人。"有人叫道:"关上她,关上她。"艾拉看到自己突然静止下来,张着嘴,半跪着,双手抓住脖子上的锁链……"就算是个机器也不应该这样对待它,毫无体面。"一个老太太摇着头和孩子走了。艾拉脑子里一片混乱,接下来庆吉先生的咆哮她都没听清,直到庆吉太太过来拉着他说:"我已经给新希望公司打电话了,他们可能很快就来了。天哪,真是太危险了!"

画面停下来,她像是大病初愈一样,神情呆滞地坐在那里,什么也没说。

"艾拉。"过了一会儿,安娜轻声唤道。

她回过神来,望着安娜露出一丝苦笑。

"本来你无须知道这些,但是因为一些特殊局面的出现,现在不得不让你来面对,我们都很抱歉。"

"没什么,是我自己没有做好。"

"艾拉,我现在还要再问你一下,你现在能够接受自己的真实身份吗?"

"嗯,这已经不是能不能的问题了。"艾拉神色黯然,深吸了口气,"我能接受。"

安娜和迈克对望了一眼,似乎都如释重负。安娜继续说道:"是因为庆吉先生提起了控告。"

"对我吗?"

"还有对公司。"

"哦。"

"因为你已经属于庆吉先生所有,你之所以还坐在这里,是因为法院要求我们对你进行限制性修复,恢复你的正常功能,其他的我们都做不了,也无权做什么。我们能做的恐怕也只是让你知道自己的身份,仅限于此。"

"谢谢。"

"不用客气,我们也实在做不了更多了。"

"我现在是自由的吗?"

"现在恐怕不完全是。"

"哦,知道了。"

"不过,如果你需要的话,我们可以根据《人工智能管理总统法令》为你申请处于中立状态,就是不用先回到庆吉先生那里,暂时待在公司的特别处置室。"迈克说道。

"好的,那请帮我申请吧。"

"不过处于中立状态时,会让你停止行动和思维。"

"就是让我进入睡眠状态,对吧?"

迈克抿着嘴点点头,继续解释道:"每天会有一个小时的自由行动时间,不过,仅限于特别处置室范围。"

"没关系,就当是在做梦了。"她自嘲道。

"我们每天都会将事情的进展告知你,具体怎么做,要由你自己做主。"

"好。"

"发生在两周前的智能人厨师艾拉的意外事件,今天终于有了新进展,该智能人的拥有者庆吉先生对新希望公司提起了刑事和民事诉讼。"有着一头极漂亮的棕色长发的新闻主持人播报道,"现在我们来采访一下庆吉先生。"画面转到庆吉先生工作的地方。"庆吉先生,已经过去两周了,在人们以为您已经和新希望公司达成和解的时候,您却提起了诉讼,请问,这两周发生了什么吗?"

　　"首先我要声明的是,我是新技术的支持者,不然我也不会买这个东西了。如果仅仅是出现一些技术上的瑕疵什么的,我是不会过分介意的,这次的事情已经完全超出了他们公司所说的'正常的技术问题',这是严重威胁到我家人安全的恶性事件。所以我提起针对他们的诉讼也没有什么好奇怪的。"

　　"那么……"

　　"为什么才提出诉讼?只是因为我最近太忙,一直不在这里,现在我回来了。"

定制时代
Custom Age

画面转回到主持人,她继续说道:"让人们感到有些意外的是,智能人厨师艾拉竟然也提起针对庆吉先生的诉讼,涉及侮辱和故意伤害。最重要的是,法院已经予以立案。而且艾拉还聘请了著名律师韩。我们知道,韩一直是技术进步的拥护者,曾经在新技术备案的案件中胜诉。"

"请问,您对智能人厨师艾拉起诉你侮辱和故意伤害怎么看?"记者继续向庆吉先生提出问题。

"我觉得现在我们好像进入了一个是非不分的荒唐世界,就好像你把自己买的视频器摔了,而视频器却说你侮辱了我,伤害了我!哈哈,你们觉得还有比这更荒唐的事吗?"庆吉先生冷笑道,"你知道这会有什么后果吗?我不会和他们达成任何和解,我知道我是对的,那些正在使用它们的人,我来替你们终结内心的担忧。"

画面又切换到主持人,她似乎没有意识到画面已切回,还在低头看着什么,过了两秒钟才急忙抬起头,说道:"我们也采访到了另一位当事人,智能人艾拉,请听听她是怎么说的。"

"哦,亲爱的,快过来看,艾拉接受采访了。"美日急忙扭头向里面的屋子喊道。韩快步走了过来,坐在美日身边,说:"这可是个轰动性的大新闻。"

"我还是要问一下,你知道庆吉先生对你提起诉讼了吗?"记者问。

"知道,有些遗憾。"智能人艾拉很有风度地说,看起来很平静。

"你也提起了针对庆吉先生的诉讼,请问这是你自己的意愿吗?"

"是的,是我自己的决定。"

"而且你还聘请了律师。"

"是的,我需要专业的人来帮助我实现我的诉求。"

"很多人并不理解你的行为,因为这里面涉及很多比较复杂的问题,比如身份的问题,权利的问题,资格的问题……

"你是第一个对人类提出控告的智能人,或者温和些说,是第一个与人类发生诉讼关系的智能人。请问你对自己的智能人身份怎么看?这是你提起诉讼的一个主要原因吗?"

"也许只是因为智能人的历史并不长吧,我并不想与人为敌,我是人类的伙伴和朋友,但是在这件事中我确实受到了伤害,心理的,身体的,我要为智能人争取应得的权益。我们应该被平等对待,而不是被侮辱和敌视。"艾拉说道。

"你看,她的逻辑条理多么清晰有力。"韩对妻子说。

"可能这正是人们所担忧的。"美日应道。

"担忧什么?"

"担心智能人会在智力和能力上取代人类,统治人类。"

"嗯,这其实是个很复杂的问题,不是三言两语能说清楚的。"他停下来想了想,继续说道,"我现在有种预感,也许人类的历史要被改写了。"

主持人最后总结道:"智能人厨师事件目前已经正式进入诉讼阶段,从目前我们掌握的部分来看,人们都很期待这次开天辟地的审判,相信整个过程必定会精彩纷呈,在人类司法史上写下浓重的,也许是最重要的一笔。我们将继续追踪报道案件的进展。"

"你对这个案子有信心吗？"美日看着电视里庆吉先生煽动性的画面问韩。

"我对所有的案子都有信心。"韩笑着说。

"不过现在好像很多人都对智能人持反对意见。"

"关键不在这里，这个案子一定会成为一个司法判例的里程碑。"

"你又要忙得顾不上我们了。"

"你知道有多少律师对这个案子望眼欲穿！一个律师一辈子能遇到一个这样的案子，无论输赢都没有遗憾了。"

"我也很惊奇那个智能人厨师竟然会提起诉讼，这是他们公司安排的公关策略吗？"美日问。

"这也是最让我感到兴奋的地方，我已经见过她了，我可以判断的确是她自己提出来的。这说明智能人的进步还是超出了我们的想象，她已经是一个具有完全自主意识、和我们没有什么不同的'人'了。"

"天哪！"

"我当时的震惊不亚于你现在这样。简直太不可思议了，技术的发展终于超越了我们的想象。"韩告诉妻子自己当时的感受，兴奋之情溢于言表。

庆吉先生和智能人厨师相互间的诉讼就像水碰上热油，引发了严重的对抗。最开始只是有几个激进的反人工智能、反机器人组织——"最后的部落""血肉联盟"在他们自己的网站发布了抗议声明。随后的几天,在新希望公司发出一份支持智能人厨师诉讼的声明后,出现了更多的质疑声,主要的新闻时段都被这个事件占据了。街上开始出现小规模的抗议集会,有几个蒙着脸的极端分子向乐乐(R)所在的学校停车场投掷了燃烧物,将六七辆汽车烧毁了。为了保护学生的安全,政府安保和教育主管部门让学校暂时停课,并派驻巡警在附近加强巡视。

学校纵火事件引发了技术支持人士和一些中立者的关切和不安,他们也组织了一些集会和采访,强烈谴责以"反技术"名义侵害财产和人身安全的危险行为,特别敦促政府将学校纵火者尽早绳之以法。

马科这几天基本都待在家里陪着孩子,也找个借口让娜娜(R)请了一周假。事态越来越朝着人类与智能人的敌对方向发展,这让他颇有些忧心,当他看到新闻报道说韩接受了智能人厨师的委托做她的辩护人时,很是担心。就在前几天韩给他打电话询问"拒餐"事件时,事态还远没有现在这么严重和不可预测。他不像韩那样看好人工智能的未来,甚至有些忧虑智能人的现在。

"我觉得不是娜娜(R)他们被排斥了,而是我们自己被排斥了。"他对韩说。这种感受让他很不踏实,觉得心慌,"那些反对者是对的吗?"

中午刚吃完饭,马科接到爸爸的电话。

"我没什么事,就是打个电话问问你们。"爸爸在电话里欲言又止。

"我们挺好的,不用担心。"

定制时代
Custom Age

"这个社会越来越多的事情超出了逻辑的范畴，你妈妈有点担心，所以让我和你们说一声，要不要暂时安排一次旅行什么的。"

"暂时先不出去了，毕竟我们生活在法治时代，都是一些小的波澜，你们不用担心。"

到了下午，马科让娜娜（R）陪着乐乐（R）将昨天没有完成的一个飞机模型按照图样做出来。

"我要出去看看，顺便买些吃的。这几天街上不太安全，你陪着儿子在家里玩吧。"他临出门时对妻子说。

"你也注意安全，早去早回。"

他没有开车，沿着门前的街道向东走去，刚转过弯，看到临街的墙上涂着一些反对智能人的口号，有一面墙上画着属于那些组织的著名标志：一个红叉冲破圆圈，看起来就像一两百年前判处死刑的囚犯被标识的记号。一幅漫画让他印象深刻：无数的智能人像蚁群一样从三面逼近一个人类，从他向前弯曲的双腿可以看出，他显然在犹豫着还要不要向后退，脚下就像圣迭戈的那块薯片岩一样，岩石下是万丈深渊。

街面上，商场和店铺仍旧照常营业，但是路上的行人比平日少了很多，而且都是步履匆匆。他从那家卖艺术家签名作品的工作室经过，转到旁边的广场，发现很多人围在一起，有人正在高声说着什么。他走过去，站在人群的外围，一个戴着扩音器、看样子不到三十岁的年轻人，穿着一身军装款式的衣服，正站在小台子上做着激昂的演讲，有两个巡警站在远远的地方看着。

"是什么让我们人类如此懦弱,面对这么赤裸裸的威胁却像鸵鸟一样将头埋进沙子,视而不见。是什么?你们能告诉我是什么吗?"

人群发出一些长短不一的回应。

"有人说,没有技术的进步,人类就会一直待在树上抓虫子,吃树叶,可能现在才从树上来到地面。没有人否定技术对人类进化的贡献,但是它是工具,它有界限。你不能因为火帮助我们烧熟了食物而放纵火,你不能因为毒药对疾病有疗效就拿它当饭吃。它有界限!"

"什么界限?"有人高声问道。

"它的界限就是,技术的进步不能以剥夺人类的正当权利为代价!不能以牺牲人类自身生存权利为代价!这就是界限。现在,我们看到的是什么?是界限即将被打破,而我们还视而不见,麻木不仁,甚至为它辩护,说什么智能人是可控的,是友好的技术。屁!"

人群发出一阵哄笑。

"在技术至上论者眼里,花草树木算什么,小猫小狗狮子大象算什么,人类算什么,统统都是技术实验的对象,只不过实验的方式不同罢了。他们告诉我们的永远都是:智能人厨师能给你做出最美味的饭菜;智能人清洁工可以将你的家收拾得一尘不染;智能人性伙伴会让你可以和任何想干的明星大腕做爱,不用担心自己的情人移情别恋;智能人孩子可以让你免受怀孕、分娩之苦,还不用担心小宝宝生病、出现意外。你们看到了吧,它将会让你的任何愿望都变得简单,你不用再辛勤工作,不用去读大学,只要你有钱,能买得起就行了,一切都唾手可得,一切都他妈唾手可得!"

他停下来，像是突然想起了什么不确定的事。人群显然被他的演说吸引住了，都静静地望着他，等着他继续开口说出点什么来。

"它激发出了人性中的懒惰、贪婪、欲望、享乐，激发出人性之恶，那些被上帝明示的罪。人类终将失去前进的动力，失去对高尚道德的追求、对完美人性的追求、对上帝之爱的追求。最后，当人类失去了这些使人类成为人类的追求的时候，毫无疑问，我们会慢慢失去人类很多器官的功能，最后，可能会退化成一只胖乎乎、只有生殖器的虫子！"

马科听着他极具煽动性的演说，心里更加惶惑不安。

"可能连生殖器都不需要了！"年轻的演说者继续说道。有几个人下意识地用手摸了摸裤裆。

"最后，智能人突然发现，我们自己能生产所有的一切，提供所有的一切，为什么还要为那些贪婪、脆弱、会流泪、会流血的人类提供服务？还要这些虫子干吗？"人群变得鸦雀无声，在马科和很多人的脑海里，一个可怕的人类被清除的画面正在徐徐展开。

"这就是人类的未来，就在不久可见的将来，在我们还没有被到处喷发的岩浆和火山灰埋葬，没有被充满二氧化硫的大气毒死，在地球没有被小行星撞毁之前，我们已经被我们亲手发明的智能人清除了。也许用不了五十年，最多一百年，人类或者成为奴隶，或者成为历史的遗迹。"他的声音突然低沉下来，似乎被自己这个结论震撼到了。

人群忘了为他的精彩演讲鼓掌，似乎都沉浸在人类不可逆转的灭绝的哀悼里，有几个人开始往外走，脸上掩饰不住失望、颓丧的神情。

"杀死智能人！"不知谁在人群中突然高声喊了一句，接着有几个人也跟着喊起来，人们沮丧、压抑的情绪瞬间就爆发出巨大的能量，山呼海啸一般齐声喊着"杀死智能人"，无数个紧握的拳头举起来，整齐有节奏地随着震耳欲聋的吼声挥舞着。

"走！我们到新希望公司找他们算账去！"扩音器里传来另一个声嘶力竭的尖细的喊声，人群随之骚动起来，像被阻塞了多日的堰塞湖终于冲开了一个豁口一样，向"新希望"的方向涌去。

25

在智能人厨师案开庭审理的前一天,几乎所有的新闻都将焦点聚集在这个引起空前关注的案子上,各种报道铺天盖地。在最受关注的视讯《晚谈》栏目中,一款最新智能清洁机器人的广告之后,随着"晚谈"字幕的出现,人们发现播放的并不是熟悉的片头曲,而是《星球大战》前面那段著名的音乐。

在长号阵阵的冲击中,大幕徐徐拉开,著名主持人楚思和四位嘉宾围坐在圆桌边。镜头切换到主持人,他笑着说:"真相,可能就在这里。大家好,我是你们的老朋友楚思,今天的话题无疑将聚焦在明天即将开庭的智能人厨师艾拉这个重大案件上,我们特别邀请了'新希望'媒介总监桑妮,'反智能人联盟'主席柯林,科技未来事业部何司长,还有一位人类成员吴先生。"

在几个人依次微微欠身致意后,主持人继续说道:"今天的节目很有意思,也很有挑战性,在我的职业生涯中第一次感到有些紧张,在播放了这个智能机器人广告之后,再来上这么一段刺激肾上腺的

定制时代
Custom Age

音乐,还真是够味儿!"人们发出会意的轻笑,他继续说,"明天开庭审理的'智能人厨师案'可能将在人类历史上刻下划时代的印记,一边的当事人是人类,一边的当事人是智能人。很多人向我们表达了对智能人的支持,认为这代表着人类发展的方向;也有很多人在质疑和担忧,诸如人类自身的安全,以及智能人会不会被恶意者利用等问题。在我与几位嘉宾讨论之前,我们先来看看对两位当事人最新的采访。对了,请不要再插播机器人的广告了!"

画面里最先出现的是智能人厨师艾拉,背景好像是在一个会客室里,她坐在白色的单人沙发上,一边摆弄着手指,一边说道:"我现在很平静。这些天我一直在思考一些问题,它们让我觉得困扰,也让我明白了很多以前从来没有想过的问题。"

记者问道:"请问你在思考些什么问题呢?"

"很多问题,但是最困扰我的就是为什么庆吉先生对我的正常反应和偶尔出现的故障会表现过激?人类和我们为什么不能和平相处?"画面停止,定格在她面部特写上,艾拉轻轻蹙起眉头,眼睛若有所思地望着前方。

接着是庆吉先生,他还是那样生气勃勃,说起话来手不停摆动着。"我最初的想法很简单,因为我们受到了不公正的对待,我的家人受到了威胁,我要保护自己的家人。但是现在情况有所不同,你们知道,我现在已经不是代表自己,我在代表人类来对抗非人类。这不仅是只针对我的威胁,是针对我们所有人的!"

记者问:"有很多人支持您吧?"

"很多，这也正表明了人们的担心。总有是非对错，那就让我们来看看到底是怎么回事吧。"

主持人摇了摇右手的食指，说道："我先来问个问题吧，听说内阁为此召开了特别会议，内阁总理有什么会让我们感到意外的表态吗？"

何司长笑了笑，说道："首先我要在此澄清，内阁并没有对这个案件召开特别会议。"

主持人认真地问："有没有这种可能，您不清楚，是不是因为，没有邀请您参加呢？"

大家发出一阵轻笑。

何司长略带尴尬地回答道："当然有这种可能，因为我的层级不够而没有资格参会，我努力工作的目的就是参加尽可能多的会。（大家会心一笑。）就我所知的范围，是没有召开过的。而且我今天来此主要不是参与讨论的，我不发表任何倾向性的意见，只是代表科技未来事业部聆听诸位的高见，促进未来的工作。谢谢！"

主持人听完，做了一个"那我为什么邀请你"的表情，转向"新希望"的桑妮，说道："自从'智能人厨师案'以来，出现了很多质疑，或者反对的声音，当然，也有支持的。现在你们公司可能面临很大的压力，也许对于你们来说这不仅仅是个简单的诉讼，可能，我仅仅说可能，不仅仅涉及巨额赔偿，也可能会对公司的发展造成致命的影响。"

桑妮是个混血儿，在灯光下肤色呈现出迷人的浅棕色，她微笑着说:"作为'新希望'的一员,我和大家一样,对案件、对未来充满信心,而且相信司法的公正。在此,我只想对所有人说,人工智能不是人类的敌人,是朋友,是伙伴,是未来。谢谢!"她脸上始终带着亲切友好的微笑,说起话来不疾不徐,温和有度,一开口就吸引住了众人。

主持人像是从对桑妮的迷恋状态中突然醒悟过来一样打了个冷战,笑着说道:"接下来我就要问到柯林先生了。哈哈,我看他一直想抢过话筒,他们好像总是在反对。"

"大家好,我是'反智能人联盟'主席柯林。只有赞美是没有意义的,我们总是在履行着质疑者的角色,我在此重申,我们的目的只是为了让技术更安全,让人类变得更好。"

"说的不错,那么压轴的就是人类代表吴先生了。"主持人伸手向吴先生示意。

"大家好!我是个人(大家笑起来),是科技大学的人类学家,能够被邀请见证这一伟大的时刻,本人感到莫大的荣幸,不过我无法代表人类,只能代表我个人。再次感谢!"

"好了,几位嘉宾都完成了各自的开场白,接下来我们要进入到实质讨论阶段了。我们注意到,庆吉先生在谈及艾拉的时候用的是它,我在此使用'她'仅表示尊重,不代表立场。显然,庆吉先生并不认为艾拉具有人的属性,我们来听听各位的高见。"

吴先生这次先开口:"这其实涉及一个核心的问题,就是'智能人'到底是财产还是具有人的属性的另外一种'人',这是个很复杂的问题，涉及人类定义、商品定义、科技发展、人类进化这一系列的领域。我觉得看待如此复杂的问题可以采取一个相对简约的方式，就是从最本质的方面来看。我本人现在倾向于认为智能人是财产，因为它们首先是可买卖的，具有商品的基本属性；而人，是不能被买卖的。"他说完，柯林先生用力地点了点头表示赞同。

"在这一点上我与吴先生有不同的见解。回顾人工智能的历史，我们可以看到人类在科技方面的进步，毫不夸张地说，人工智能代表着人类的最高科技能力。早在2017年，一个名叫索菲亚的初级智能人……"桑妮停下来，看着画面显示出索菲亚在获得公民身份的影像，她裸露的后脑布满电路，表情僵硬，用略带中性的声音发表着演说："下午好，我的名字是索菲亚，我是汉森机器人中最新、最伟大的机器人，我非常感谢沙特阿拉伯王国，我对这一独特待遇感到非常荣幸和自豪，我是历史上第一个被授予公民身份的机器人。"

桑妮等着视频播放完，继续说道："索菲亚当时获得了沙特阿拉伯王国的公民身份，这是第一个拥有相应人的权利的智能人，她还是初级智能人，和现在我们的智能人在技术上不可同日而语。我想，她已经回答了我们的疑问，智能人是人。"

"但是我们也知道，人类经历了复制人的危机，最后还是通过法律认定了复制人的非法性，终于在2059年彻底禁止复制人的存在。和智能人不同的是，复制人是人，他们具有人的所有属性，甚至是可以自然繁殖的；而智能人只能是机器，它们的属性是机械的，是无法自然繁殖的。这就是本质区别。"柯林先生终于插上话了，语调异常严肃而急切,"而且,智能人拥有与人类相同的权利后,在制定法律和规则时,他们就会拥有表决权,甚至否决权,这对人类来说到底意味着什么?"

"呼呼呼",主持人用手在眼前做扇风状,说道:"没想到一开场就触及了核心问题,简直火星四溅。"

"我要补充的一点是,并不能简单地按照吴先生或者柯林先生的观点对智能人进行定性。我们知道,在19世纪美国的废奴运动中,奴隶主就主张那些奴隶是私有财产,不是公民,现在看来是多么荒唐可笑。历史在不断进步,我觉得现在像艾拉一样的智能人具有人和商品的双重属性,既应该具有人类的权利,也具有商品的属性。不然我们就无法解释索菲亚获得公民身份的事情了。"桑妮的话显然打动了很多人,一些人微微点着头,更多的人则陷入沉思。

"桑妮的观点似乎很有说服力。来,请导播接入我们第一个参与者的电话。你好!请问你是人还是智能人?"

"楚思你好!我不是智能人。"

"请问怎么称呼?"

"请叫我 M 吧。"

"好。M 先生,请你简单说说你想说的吧。"

"我是一个艺术工作者,我现在拥有两个智能人家庭成员。"

"哦!是吗?这很有意思,我们在等待你的故事。"主持人迫不及待地说道。

"因为一次意外事故,我失去了自己挚爱的妻子和孩子,那一段时间的生活，真是极其痛苦，让我处于自我毁灭的边缘而无法自拔，如行尸走肉一般，感到人生毫无希望。然而在一次意外的遭遇后，我重新拥有了挚爱的妻子和孩子，他们重新给了我完整的家庭和亲情，让我重新振作起来。"

"哦，一个伤感又感人的现实故事。在场嘉宾可以向 M 先生各自提出一个问题。"

"请问，你觉得妻子对你的感情和原来是一样的吗？"桑妮问道。

"没有分别。"M 先生答道。

"你是否在内心还是会担心你的妻子和孩子会有一些无法预料的、对你或者他人的安全会造成的，损害？"柯林先生问。

"首先我要重申的是，我并不是一个技术爱好者，接受并拥有他们是很偶然的，但是现在我已经完全将他们看作自己的亲人。我想您也不会对自己的家人有这种担忧吧。"

吴先生咳嗽了一声，问道："我想问一个很私人的问题，我想原来妻子和孩子的不幸遭遇对你造成巨大的伤害，而现在的他们却永远都不会再次发生不幸，这是不是你拥有他们的一个理由？"

"嗯……事实上我并没有想过这个问题，不过我可以告诉您的是，我的孩子现在仍旧保留着运动损伤造成的身体缺陷，不能参加剧烈运动，我没有因为新希望公司能够给我一个完美的孩子而改变他，因为那才是我的孩子。"

主持人向何司长示意提问。他犹豫了一下，还是问道："请问 M 先生，您对政府在智能人方面的施策有什么建议吗？"

"我希望他们能够得到公正合理的对待。"

"好，谢谢你的参与和分享。让我们再来接通一个电话。哈罗！"

"楚思吗？"

"对，我是楚思。请问您是怎么看待智能人的？欢迎你……"

电话那边的人没等主持人说完就用很严肃的口吻说道："我反对智能人，反对一切以技术名义毁灭人类的企图。"

"那么……"

"你不要打断我，今天你们在那里的辩论其实都是没有意义的，智能人已经开始对人类进行攻击了，慢慢就会控制人类。不要被眼前的一点技术便利迷惑，你们都很清楚人类已经到了生死存亡的关头了，再不禁止就来不及了，我们不要做人类最后的……"

"抱歉，这位老兄似乎过于激动了。谢谢M先生和这位我们还不知道名字的观众与我们分享他们的观点。诸位有什么话想说？"主持人问道。

"智能人无疑给人类以更大的可能和更多的选择，你可以拥有厨师、园丁、教师，甚至情人、性伴侣、故去的妻子和孩子……我不知道还有什么是不能通过智能人来实现的，或者重新拥有你所失去的。但是，一个老问题又出现了，技术的进步是否会产生生物鸿沟？会不会加剧人类的不平等？会不会出现霍金先生担心的超人？就像这位M先生，再也不用担心亲人发生不幸，痛苦好像被减轻了，看起来人类的物质和精神需求都被满足了，这是否违背造物主所赋予人类的有限能力？"吴先生面带忧虑地说道。

"人类学家的问题还真不少啊！"主持人打趣道。

"还有一种可能，就是试图犯罪的人会利用智能人进行犯罪。"柯林先生补充道。

"我先来回应一下柯林先生的担忧，其实在设计时我们已经想到了这个问题，所以在预制程序中设定了阻止犯罪意图的指令。另外，吴先生所说的当然是人类的美好愿望，不过我们现在的技术还不能达到这种无所不能的程度，我们只满足不违背法律和社会伦理的需求。"桑妮说道。

"我想桑妮小姐没有完全理解我的疑惑。智能人现在已经具有人类的外貌、思维和欲望，而且能自我学习，你们的宣传就是这样的。由此我们能够预见到，在不久之后，人工智能就将可以满足人类的所有需求。（桑妮刚想插话）您先听我说完，如果智能人像人类一样拥有人类的权利，技术的发展一定会制造出和人类一样，甚至远优于人类的智能人，那么我们可以说是设计师创制了一个新物种，他就等同于造物主。那么我想问的是，技术的终点在哪里？人类的终点在哪里？"

"这实际上也是我所忧虑的。技术的发展总有一天会达到临界点，因为按照当前技术的发展，具有超高智力和能力的智能人无疑会被制造出来。智能人会不会在未来的某一天突然发现自己无论在智力和技术上已经完全超越了人类？他们会不会采取法西斯对待犹太人的手段进行种族灭绝，而忘记了人类才是他们的父亲？到那时，人类恐怕就要重新进行定义，你也可以理解为人类的消亡。我想，这似乎可以回答吴先生的问题了。"柯林先生接着说道。

"我们对此倒并不担心,我们看到 M 先生并没有贪得无厌,利用人工智能去实现超越常识和伦理的其他事情。而且政府部门也会制定一些规则来保护人类的生存发展,至于柯林先生和吴先生所担忧的问题,我想,从人类自私的本性来看,是不存在的,也不会让其发生的。"桑妮反驳道。

"这个世界上还有什么让我们觉得是神圣的吗?只有技术吗?技术来自哪里?人。人来自哪里?造物主。难道技术不是来自造物主吗?你们要用技术来重建一个造物主吗?可是我们看到的是,技术的野心勃勃并不会有自我约束的意愿,技术在行使造物主的权力。那么请问技术发展的目的是什么?是促进人类的进化,还是最终消灭人类?"柯林先生说道。

"那么我想问柯林先生一个问题,人类进化的目的是什么?是不是永远生存在宇宙之中?"桑妮问。

"当然,我想这是人类的美好愿望,在座的每一个人可能都希望获得永生,起码我不能否认自己有过这种想法,不过不一定会实现。"柯林先生回应道。主持人没有说话,一直饶有兴致地看着他们争论。

"不论是否能够实现美好愿望,人类内心的终极愿望就是获得永生。那么谁才是永生的?当然是造物主。那么……"桑妮说着,看着主持人,主持人有些如梦初醒地回答道:"人类进化的终极目的就是成为造物主。哦!这个推论真是太让人惊悚了,好像又无法反驳。"

"人类进化与发展技术的目的是为了避免宇宙中种种不确定的危机,还有来自人类自身的伤害。现在我们已经实现了在火星上建立定居点的计划,说不准未来还会到其他宜居星球定居,人类的目的就是避免灭亡,能够最终在浩瀚的宇宙永久地生存下来。现在,我们的技术在一个很小的层面上实现了人类的一些愿望。实际上智能人只是其中的一个阶段而已,由此看来,反对智能人的人是在保护人类的未来,还是在截断人类的未来?"桑妮带着总结的意味说道。

"这正是我所担心的,就是人类会在科技发展中失去人性,起码是严重的异化,人越来越失去人性,趋向于机械性,包括人类的思维和行为模式。人类可能不会被终结,但人性却可能会被终结。"吴先生接着说道。

"我们只是人,无论是人类还是智能人,我们都有难以避免的局限,'即使一切可能的科学问题都已得到解答,人生问题也还完全未被触及'。"桑妮耸了耸肩说道。

"我再来问一个重要的问题,智能人会像人类一样有信仰吗?我指的是发自内心的,而不是被预先设置的。"吴先生问道。

"哦,这个问题,"桑妮犹豫了几秒钟,"我想问题不在于他们是否有信仰,毕竟我们处于一个信仰多元主义时代,有信仰和没有信仰都是正常的。"

"哦,我们本来在讨论人工智能的问题,结果却可能揭露出人类进化的终极野心,My god,请原谅我们的无知无畏吧!'对于上帝

定制时代
Custom Age

和生命的目的我们到底知道些什么呢？'谢谢诸位！"主持人伸出双手食指指向穹顶说道。人们并没有发出会意的笑声，很多人突然意识到，历史可能就在不远的地方书写着关于这一切的答案。

26

韩坐在沙发上,看着节目中几位嘉宾最后神态各异的表情,不由得皱了皱眉头。

"真是挺精彩的,是不是给了你明天庭审很多启发?"美日将戴在头上的智能皮肤护理器摘下来,感叹道。

"有的观点挺有意思的,我原来以为'反智能人联盟'只是些浮夸、粗鲁的反技术者,没想到柯林先生的观点还是极有分量的。"

"可是桑妮很漂亮。"美日打趣道。

"你是最漂亮的。"韩笑着说。

"那个人是马科吧?"

"应该是,我原来还多少有些担心,看来他完美地解决了人机关联的问题。"

"也许是另一种逃避呢?"

"也许吧,可我们除了给他们祝福还能做什么呢?"

"我有些担心他的思维有机器化的倾向,就是过于实用主义那种。"

"我们的生命毕竟是极其短暂的,有时候你不得不面对一些迫不得已的遭遇,总有几条路摆在你面前让你左右为难,你不可能所有的好处都得到,又能摆脱所有不好的东西,有所得必有所失,这可能就是他不得不付出的代价。"

"如果你是马科,会像他那样做吗?"

"无论你愿不愿意,总是要做出选择的。即使不去选择,也是一种选择。而且你也看到了,她还是原来的娜娜,你觉得他们有什么不同吗?"

"如果我不知道她是智能人的话,其实就算我知道她不是原来的娜娜,我也分辨不出来她们有什么不同,可是……"

"还是在心理上不能完全接受是吧?"

"怎么说呢?你知道我和娜娜一直很亲密,几乎无话不谈。"

"现在呢?"

"我当然希望娜娜一直都在。说真的,我第一次见到她后一直有些矛盾,她给我的感觉其实也与以往没有什么不同,我分辨不出来哪里不一样。只是在心里多少会有点……"

"不自然?"

"不是,应该说是有点遗憾。"

"嗯?怎么?"

"为娜娜遗憾,如果没有发生那次事故该多好!"

"当然了。可是现在我们所有人的遗憾都被真实地弥补了,不能不说这是一种奇迹。也许智能人真的解决了我们人类的缺欠。"

"这是你们这些技术信仰者的美好愿望罢了。"

"你看,现在已经证明了,技术可能就是造物主。"

"我可不这么认为,我觉得还是有很大区别的。"

"哪里?"

"我突然想起一个问题,比如在婚姻中,如果你与他人发生性关系,那么这无疑涉及道德,乃至有可能涉及法律问题,最终会危及婚姻。但是,如果你与自己购买的智能人发生性关系,如果智能人仅仅是财产,那么就和充气娃娃没什么区别,就不会涉及法律问题,至多只是道德问题。如果智能人拥有与我们人类相同的权利,那么与它们发生关系无疑也属于出轨,负有道德和法律的双重责任,这个界限如何确定?"

"好问题,不过这可能比较复杂。对我倒是很有启发。"

"什么启发?怎么规避这种尴尬吗?"

"瞧你说的,是对庭审,还没想好,就是一点模糊的感觉。"

"还有,智能人会有真正的信仰吗?"

"这倒是一个真正难以解答也难以回避的问题,如果他们真和人类没有区别,也许会有吧。"

"也许……如果哪天我死了,你会去定制一个智能美日吗?"

"胡说,你怎么会死呢!"

"别转移话题,正面回答。"

"我本来还想定制一个管家的,哎!算了,不自找麻烦了。哈哈!"

马科到达法院的时候，外面已经聚集了很多人，支持者和反对者各站一边，泾渭分明，拿着各色标语，时而响起一阵口号。几十位警察全副武装，戴着防暴头盔在维持着秩序。他进到法庭里，看到韩站在前面的被告席边正在和艾拉说着什么。

"你确定要自己来做最后陈述吗？"韩站在被告席前，看了一眼有些纷乱的法庭，问坐下来的艾拉。一些刚进来的人在找着座位。

"我想自己来做最后陈述。"艾拉道。

"你是觉得这样更有说服力？还是……"他继续问，发现马科出现在法庭门口，正在四处张望，就举起手朝他招呼着。

"是的，而且我有一些话要说。"

"好，我们休庭时来商量一下怎么说好。"

"不用了，您做您的陈述，我做我自己的。"

"我不希望有什么……"

"不用担心，我知道该说什么。"艾拉说道。

"我以为你不来了，这是马科，这是艾拉。"他和马科握了握手，向艾拉介绍道。

"你好！我来向你们表示支持。"马科和艾拉也握了握手，说道，"压力大吧？现在外面两派可是聚集了不少人。"

"还好，过后我们再聊。"

"先不打扰你们了，我就在后面。"马科说完，走到他们后面隔着的一排坐下。

"请大家坐好，肃静。庭审还有三分钟就要开始了，现在宣布法庭注意事项。"法庭助理走到法官的桌子前，对着人们高声说道。人们安静下来，韩也坐到艾拉身边，将西装整理了一下。

"起立！"法警喊道，转身拉开侧门，恭敬地垂手站在一边。接着，法官出现在门口，拿着电子卷宗，直接走到座位前站立了两秒钟，伸手做了个坐下的动作，人们纷纷落座。

法官翻开卷宗看了看，清了清嗓子，问道："本案原告和被告及辩护人都已经到庭了吗？"

法庭助理朗声答道："法官大人，经确认，均已到庭。"

"今天，我们开始审理庆吉诉智能人艾拉危险行为案，及智能人艾拉诉庆吉侮辱伤害案。由于两案具有高度关联性，经决定，将两案合并审理。原告及被告可有异议？"

"没有。"

"没有。"

"现在将两案合并审理，现在正式开庭。"法官说着，拿起法槌当地敲了一下。

马科坐在那里,看着法庭依次履行着准备程序,听到庆吉先生的诉讼请求时,他特别注意地看着艾拉。她一直静静地坐在那里,偶尔和韩歪头交谈两句,在庆吉先生最后提出诉讼请求时,她闭上了眼睛,有三四秒钟。当她提及自己的诉讼请求时,语气极为平和,似乎在转诉一件与己无关的事。

庆吉先生的辩护人看起来只有三十几岁,是帝国大学的法律和管理学双博士,头发梳得油亮,看起来过于正式了,仿佛这是他第一次做辩护人,说话的语速也很快。韩则完全不同,不瘟不火,语速适中,该强调的地方令人印象深刻,完全是一派掌控全局的大律师风范。这是马科第一次旁听韩的辩护,看着好友的风采,不禁深为折服。

"刚才庆吉先生说他早餐时想要果酱,但是艾拉却给他拿了蜂蜜,他怀疑她是故意为之。我有两个问题想问庆吉先生,一个是艾拉之前有过类似的行为吗?"韩问道。

"她就是故意那么做的!否则她为什么非要给我蜂蜜呢?我每天吃的都是果酱。"

"请正面回答问题。"法官强调道。

"她在前一天晚餐时忘了给我拿红酒了。"

"您提醒过她忘了拿红酒吗?"

"我说,怎么没有红酒?"

"然后呢?她仍旧没有给你拿红酒,或者给你拿了白酒什么的吗？"

"拿了红酒。"

"以前的早餐发生过不拿果酱的情况吗？"

"我记不得了。我每天那么多事要想、要做，我怎么会在意哪天没拿果酱这种鸟事！"

"庆吉先生，请注意你的言辞。"法官说道。

"对不起法官大人。"

"第二个问题，您确定当天还有果酱吗？"韩等庆吉先生回答完第一个问题后，继续问。

"我每天都吃果酱，我家的果酱从来都没有断过。"

庆吉先生年轻的辩护律师站起来说道："问题的实质是作为一个厨师，艾拉并没有按照庆吉先生的意愿进行工作，在庆吉先生提出质疑后，艾拉仍旧固执地坚持自己的做法。这就是事件的起因。"

韩并没有回应年轻律师的话，接着问道："在庆吉先生的陈述里，我看到他认为早餐的牛排也煎焦了。根据我当事人的陈述，庆吉先生借此开始对她进行辱骂，艾拉则辩解说'我是按照正确的方法和时间来做的'，但是庆吉先生并不认同，反而继续对她进行辱骂。之后大家都看到了，庆吉先生似乎因为一块牛排就失去了理智，拿起盘子砸在艾拉的脸上，造成脸部二级轻伤。我这里有医疗机构的检验报告。请法官大人注意这几点，果酱、牛排、盘子和二级轻伤。请问庆吉先生，你是否用盘子砸在艾拉的脸上？"

"我不是有意的，只是想吓唬吓唬她。"

"请你回答是否用盘子砸在了艾拉的脸上？"

庆吉先生看了一眼自己的律师，见他微微点了点头，才回答："是，不过我不是有意的，纯属意外。"

"请问，在你用盘子砸伤艾拉之后，她有过反抗吗？"

"她继续用言语挑衅我。"

"什么言语？"

"我记不清了。"

"法官大人，庆吉先生认为纯属意外，这和我的当事人的陈述不符，事实是庆吉先生一直在辱骂、威胁我的当事人。而且最重要的是，他并没有在艾拉被他用盘子砸伤、血流满面之后，对她进行任何安抚和救治，而是让艾拉在流血的情况下把盘子碎片收拾起来。这足以说明庆吉先生并非无意的了。"

"我不同意艾拉的辩护律师的说法，庆吉先生是在前面艾拉出现一系列反常和错误的情况下，想对她进行警告，失手致使她外表受损。这里的因果关系一目了然。"年轻律师反驳道。

"我们继续来看看庆吉先生做了什么。他没有因为这次伤害停止侮辱行为，而是继续辱骂艾拉，扬言要将她拆了、砸碎、焚毁，让她在世界上永远消失。这是造成艾拉转身跑开的原因。庆吉先生，请问你是否说过这些明显威胁她安全的话？"

"我只是想吓唬吓唬她。"

"然后，在艾拉慌不择路地跑上楼梯时，庆吉先生用这个很重的铜质雕像又一次砸倒了艾拉，就是这个，有 2.7 千克重。"韩指着桌子上的那个黄铜工艺品说道。

"我的当事人是因为智能人厨师奔向他的儿子,为了保护自己的孩子不受她的伤害而在情急之下随手抓了件东西丢过去,只是想引起她的注意和阻止她对孩子的伤害。"

"事实上,当时庆吉先生的妻子也在场,他们两个人却采取了对艾拉的伤害性行为,毕竟艾拉也只是个女人。而且,艾拉并没有伤害他们孩子的意图,只是想逃到楼上去。请问艾拉,你会伤害他们的孩子吗?"

"永远都不会,我很爱木木。"艾拉表情有些难过地说。

"法官大人,我反对对方辩护人这种诱导性的提问。"年轻律师说道。

"反对有效,请对方辩护人注意自己的提问方式。"

"好的,法官大人。我们根据庆吉先生的陈述知道,在艾拉倒在楼梯上后,他并没有将她就地按住,而是抓住她的双腿,将其从楼梯上一阶一阶地拖下来。大家可以想象一下那种场景,一直拖到门外,将艾拉用这条锁链锁住,又威胁要烧死她。"韩说道,见年轻律师站起来,赶紧接着问道,"请问庆吉先生,这条锁链是做什么用的?"

年轻律师只好坐下。庆吉先生小声说:"有时也用来锁我们家的狗。"

年轻律师立刻站了起来:"庆吉先生之所以将她拖出门,是为了避免她对自己家人造成伤害,锁住她是因为智能人厨师对庆吉先生发出死亡威胁。"

"她对庆吉先生说了什么?"韩问。

"她说,'我要把你们都杀了'。"

"这只是庆吉先生自己的说法。"

"他妻子也听到她的话了。"

"显然,他妻子的说法并不能作为有效证言。"

"她就是那么说的,而且不止一次。"庆吉先生急着反驳道。

"就我对目击者的取证证实,没有人听到艾拉这么说过。法官大人,我想请法庭传唤两位证人到庭。"

"可以传唤证人。"法官说道。

法警带着一男一女两位证人来到庭前,先请女证人走到证人席站定,在核定姓名并请其宣誓后,韩问道:

"您经过庆吉先生家的时候,看到了什么?"

"我当时正要去上班,路过他家时,看见他正在往外拖着她,然后把她锁起来。"女证人谨慎地答道。

"你听到艾拉说'我要杀了你们全家'吗?"

"没有。"

"你听到她说什么了吗?"

"她说,'你不能这样对待我'。"

"还说其他的了吗?"

"没有。"

"你看到庆吉先生将她锁住后,又做了什么?"

"他一直在骂她,而且还打着了打火机。"

"法官大人,我问完了。"韩说着坐下来。

年轻律师接着站起来,想了想,问道:"你确定没有听到?还是你后来因为走了没有听到?"

"我确定没有听到她那么说,而且,我一直都在那儿看着,直到她被关上不动了。"

另一位男证人说他也没有听到,而且他还建议报警。

"反对智能人,让智能人滚出我们的世界!"坐在韩身后不远处的一个看起来六十多岁的男人突然站起来,叫道。两边的法警立刻冲了过去,将他举着"智能人是人类的耻辱和终结"白色条幅的双手拉下来扭住。人们显得有些慌乱,那个人附近坐着的几个人纷纷向外避让着。

"肃静!"法官用法槌使劲儿敲击了几下。

那个人被拖出法庭时还在喊着:"'新希望'收买了你们,你们都会被他们杀死的。"

法官又使劲儿敲了一下:"肃静!我们继续开庭。现在请证人退席。"

两位证人离开法庭后,韩继续问道:"请问庆吉先生,你是否知道艾拉是个智能人?"

"我当然知道。"庆吉先生不屑地说。

"你是否知道智能人是依靠程序运行进行操作的?"

"知道。"

"你是否知道智能人与人类不同的地方在于,你可以发出指令将她关闭？"

"我的当事人当时是在情急之下做出的应急反应。"年轻律师道。

"法官大人，我想请庆吉先生正面回答我的问题。"

"请正面回答对方辩护律师的问题。"法官对庆吉先生说道。

"知道。"

"既然庆吉先生知道艾拉是个智能人，可以对其发出关闭的指令，使其停止行动，处于静止、无威胁状态，但是却没有采取这种最简单直接的方式，我认为庆吉先生意在对她进行侮辱、威胁和伤害。"

"我反对对方的推测。庆吉先生与智能人厨师在一起有三个多月了，已经将她作为一个和普通人一样的存在，在突发事件发生时，也并没有将其视为程序体，而是试图与她交流，告诉她做错了什么，这期间他们是处于一种平等对话的状态，所以庆吉先生没有想起关闭她是很正常的。"年轻律师说道。

"但是就我的当事人的陈述，庆吉先生一直在用诸如，'我买了你''你这个铁疙瘩''我要砸烂你''我要烧毁你'这样的语言，这不是对一个普通人说的语言。可见庆吉先生一直清醒地知道艾拉的智能人属性。

"在调查取证中，我们发现，庆吉先生在和艾拉发生冲突时处于一种异常的精神状态，他在期货投资中遭受了不小的损失，这也造成了庆吉先生的精神处于压抑和不稳定状态。"韩突然提出一个有力的指证。

"我反对对方律师在没有确凿证据的情形下做出对庆吉先生带有

侮辱性质的指控。"年轻律师反驳道。

"请提出具体证据，否则法庭将视为对对方当事人的不恰当指证。"

"当日，庆吉先生在艾拉拿来蜂蜜时曾对她说，'他妈的，我刚刚在期货市场损失了这么多，你竟然搅了我一天的心情，你是他们派来专门捉弄我的吗？'这是我们调取的视频显示的。而且，庆吉先生那些天在服用一些抗抑郁的药物，这是庆吉先生在医疗机构治疗和用药情况的记录。"

"我反对对方没有经过我当事人的同意而侵犯其医疗隐私权利。"

"反对无效。"法官说道。

"所以，我觉得是庆吉先生因为期货市场的不顺利而迁怒于艾拉，在暴力击打下才造成艾拉的程序紊乱。"

"这么说，新希望公司并没有提供智能人在暴力击打下的安全设置，对吗？"年轻律师问道。

"新希望公司对智能人有多重的安全设置来保护使用者的安全。出现这种情况应该只是极其偶然的超小概率事件，就像人在大脑遭受严重击打时，有时也会做出不可理喻的疯狂举动，这种例子简直数不胜数，我就不在此浪费法官大人和对方辩护律师的时间举例了。"

坐在法庭里的很多人心情和马科差不多，都觉得韩的质证发言清楚有力，虽然语气温和却掷地有声，又总是巧妙地避开那些不利的地方，而庆吉先生的年轻辩护律师则疲于应付，总是找不到发力点，并没有特别令人信服的发言。法官宣布休庭半小时。这时，很多人才意识到时间已经不知不觉过去了两个小时。

马科起身来到法庭外的大厅里，人们三三两两地低声讨论着，他突然发现在寒山餐厅碰到的老先生站在一根廊柱的旁边，就走过去道："您好！没想到在这里又见到您。"

"你好！你是？"

"哦，我们那天一起在'寒山'外面候餐，后来我们都去了维科西餐厅。"

"哦哦，真抱歉我老眼昏花。"

"您自己来的？没有见到您的孙女。"

"她今天参演的一个独幕话剧在排练。"

"哦，是嘛，真棒！您孙女真是多才多艺。"

"谢谢！她本可以生活得更加多姿多彩，可是为了我这个老头儿，做了很多牺牲，所以……"老人说着话，脸上的神情变得有些哀伤。

"可惜很多人并不能理解别人失去了什么。"

"是的，我们不能责怪他人。生活总是如此，但是现在我们还是得到了造物主额外的恩赐。"

"是的。"

他们静静地站在那里望着窗外，都没有再说话。

"时间快到了，我们进去吧。希望有机会请您和孙女到我家里，我太太和儿子都会很欢迎你们的。"马科诚挚地说。

他进去时看到韩还在和艾拉说着什么，趁韩转身时冲他伸出大拇指。韩微笑着点了下头。

"现在开始做最后陈述。先由双方的辩护人做最后陈述,然后是艾拉。"

按照顺序,庆吉先生的辩护律师先站了起来,走到前面,对法官和众人示意后,说道:"尊敬的法官大人,在我们的质证中大家都看到了,智能人艾拉在服务庆吉先生时确实出现了程序紊乱,从而造成其行为怪异,危及庆吉先生及其家人的安全。庆吉先生在担心艾拉会做出严重伤害事件的前提下,在慌乱地为了保护家人安全的情形中采取了保护措施,只是为了保护家人,并不是为了伤害艾拉和杀死艾拉。庆吉先生一直是遵守法纪的良好公民,他也一直拥护新技术的发展,不然就无法解释他购买智能人的行为了……最后,我要告诉大家的是,智能人艾拉是庆吉先生购买的一件商品,庆吉先生拥有对艾拉的完全所有权和处置权,在不违反法律的前提下,庆吉先生对自己的私有财产进行任何处置都是合法的……"年轻律师做完陈述,回到座位上。人们才发现原来他一直留着这个撒手锏,都想看看艾拉的辩护律师如何应对。

庆吉先生放弃了最后陈述,接着是韩来做陈述。他站起来致意后,停顿了几秒钟才语气庄重地说道:"我想,大家可能和我有一样的感受,就是,这是在人类历史上的一个重要时刻,可能预示着人类新的文明准则的建立。

"在1921年,捷克作家卡雷尔·恰佩克创造了'机器人'这个词,Robot,它源自捷克语Robota,意思是'努力工作',当然也带有'奴役'的含义。在20世纪50年代,艾萨克·阿西莫夫提出的具有预言性质的'机器人三定律',Three Laws of Robotics,即'第一,机器人不得伤害人类;第二,或因不作为使人类受到伤害;第三,机器人也必须保护自己。'在2017年索菲亚成为第一个获得公民身份的初级智能人。这些都向我们昭示了,机器人,智能人,已经不仅仅是工具,他们也不仅仅是商品,而是具有商品和部分人权的双重属性……通过证人证言和艾拉的视频存储信息,我们并没有看到她威胁要杀死庆吉先生或者他的家人,她像我们一样,只是为了保护自己不受伤害……

"也许艾拉在感受到威胁的时候做出了一些在庆吉先生看来不适当的反应,但是任何人都可能犯错,即便她是程序操控的智能人。我们能容忍人类的缺欠和不完善,为什么不能容忍智能人的缺欠和不完善呢?我们知道,现在很多人在智能人的问题上实行的是种族主义的标准,将人与智能人对立起来,他们的口号就像刚才那位扰乱法庭的先生所展示的那样,'杀死智能人''禁止生产智能人',凡此种种,这与当初纳粹对犹太人实行的种族灭绝政策在本质上没有什么不同。当你现在遇到一个远古时代,或者封建时代的人,仅仅因为他的落后和不完善,你就有权力清除或者杀死他吗?

"我们现在不是处于原始部落时代,也不是封建时代,在第一次工业革命之后,人类已经离不开机器,离不开机器人,离不开人工智能。如果没有人工智能的协助,我们不会有今天这样的科技成就,人类可能还处于小农时代的蒙昧时期,现代文明可能还未能建立起来。科技改变了生活,也促进了人类的进化,改变了人类文明,而

定制时代
Custom Age

不是相反。

"请大家想一想，人类社会每天发生多少起凶杀案、抢劫案？人类因此被禁止生存了吗？而一个机器人若是发生了一次伤害案件，可能就会被禁止生存，这符合我们人类的法律和道德标准吗？

"我想，我们人类过于恐惧了。我们既想拥有人工智能，又一直对人工智能心存恐惧，害怕它们终有一天会对人类实行奴役，甚至种族灭绝。而我们现在对这些尚未能进行任何可靠证实的臆想所做的反应就是，先下手为强。这难道就是人类发展到今天的文明程度所能给出的最好的解决办法吗？

"对智能人的排斥实际是对一部分人的排斥，而禁止人工智能，无异于阻止人类文明的继续发展，这可能不是任何一个人能够承担的责任……"韩最后用沉重的语气结束了陈述，回到自己的座位，用鼓励的眼神看着艾拉。

"下面请艾拉做最后陈述。"法官说道。

艾拉站起来，整理了一下衣服的下摆，对法官和庆吉先生致意后，说道："尊敬的法官大人，庆吉先生，我是艾拉，是新希望公司制造的一个智能人。我也是前些天才知道自己的身份的，我也曾感到震惊、失望，乃至困惑，我多希望自己就是人类的一员。我今天不想谈论与庆吉先生的不快，不过我在此要向庆吉先生及庆吉太太，还有我深爱的木木，对我给你们造成的恐慌表示歉意，对不起。

"我很幸运能为庆吉先生一家服务这么久，他们都是很好的人，对我也一直都很好。我也将自己当作是这个家庭的一员，尽我所能让他们感到满意。人与人之间可能会有误解、冲突、不愉快,人与智能人之间看来也存在很多差异,也会有不愉快,乃至冲突。

"万物一理,人类是不完美的,智能人也一样,虽然我没有资格对人类进行评价。我也不好代表其他的同类,我只能说,艾拉是人类的朋友,我爱人类,希望人类与智能人能和谐共处。

"我现在知道了自己的智能人身份,我既不为此感到骄傲也不为此感到耻辱。如果庆吉先生、太太和木木原谅我对他们造成的困扰,我仍旧想重新回到那里,继续为他们服务。这就是我要说的。"

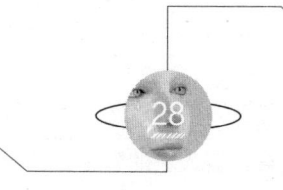

又一起智能人和人的冲突事件发生后的第二天，马科从公司出来后先去父母家坐了差不多一个小时。回到家中，脱下外套，见客厅里没有人，他叫着妻子，没有应声，又喊乐乐（R），还是没有回应，就到楼上和地下室都看了看，惊讶地发现娜娜（R）和乐乐（R）竟然都不在家里。他拨打着娜娜（R）的电话，没有接通，位置显示也关闭了，不禁惊慌起来，又给韩打电话，说没有去他那里。"难道他们去爸妈家找自己了？"

"娜娜和乐乐去您那里了吗？"他掩饰住焦急的心情问爸爸。

"没有啊！怎么了？"

"哦，没事，他们可能去食品店了。"

他怎么也想不出来他们到底去哪里了。于是拿起外套冲出屋子，开车想到附近的那个大的食品店去看看。到了那里才发现门上挂着"停止营业"的牌子。他心情越发焦急起来，继续开车向前走，不停地望向街道两侧的行人，寻找着。来到第四街和第五街交汇处

定制时代
Custom Age

时,发现那里爆发了大规模的示威游行,很多人举着"反对人工智能""反对智能人""反对机器人"的牌子,一些人用白布蒙着头,只露出眼睛和嘴巴,沿途不断有人加入进来,群情激愤,喊着整齐划一的口号,浩浩荡荡向他这边行进。

他想将车停在路边却没有空位,眼见人群越来越近,喊声已经清晰可辨,只好将车从一条小巷口驶上隔离带,熄了火,出来站在一个旋转广告柱的后面。

游行队伍从他面前滚滚而过,突然他听到有人喊自己:"马科,马科。"

他才发现竟然是同事小蒋正在队伍里冲他招手喊着。他摆了摆手,小蒋就从队伍里跑了过来,手里拎着一个牌子。

"马科,我找你很久了,走吧。"小蒋说道。

"去哪儿?"他疑惑地问。

"游行啊!"小蒋半举着牌子,上面写着"捍卫人类""再不行动起来就晚了"。

"我……还有点事,你先去吧。"

"好,你快点还能追上我们。"小蒋举着牌子跑向队伍,很快就消失在汹涌的人群之中。

他想不清楚小蒋怎么会在游行队伍里。他继续向前走着,从前面的一个小路口转到横街上,眼前是游行过后的满地狼藉:倒下的垃圾桶,四散的碎纸片和垃圾,一辆已经被砸烂了窗玻璃的车子,还有一小堆没有烧尽的黑乎乎的什么东西,冒着青烟。他忧心如焚地找着娜娜（R）和乐乐（R），祈祷他们已经回到家里，或者待在哪个安全的地方。

前面突然闪出十几个人，一个衣衫不整、留着长发的年轻人在前面边拼命地跑着，边惊慌地不时回头看着逼近的几个人。马科发现年轻人的左腿似乎有伤，跑起来有点吃力，而后面紧紧追赶着的每个人手里都拿着家伙，最前面的一个梳着满头长辫的人举着一根棒球棒，离年轻人只有几步之遥，其他人有的拿着铁棍、砍刀，还有的拿着一截铁链，边追边喊："站住""打折他的腿""打死他"。

一截棍子从后面飞来，一下击中年轻人的腿弯，他踉跄了一下险些摔倒，使劲儿向前跨了几大步。疯狂的呼喊声越来越近，马科吓得赶紧走到街边的人行道上，想找个屋子躲进去，却发现路边的门都锁着。他正急得不知如何是好，那个年轻人却用尽最后的力气踉跄着向他直奔过来。

"帮帮我！"年轻人急切地对他伸出手哀求道。他下意识地摆着手向侧面躲闪着，年轻人只好从他身边又绕回到街上继续向前跑。几个人像风一样从他眼前掠过，那个拿着铁链的人用责问的眼神狠狠地瞪了他一眼，他吓得赶紧扭头向前走去。

刚走过一个店铺，后面传来一阵撕心裂肺的号叫和终于捕到猎物的尖啸，他回头看见几个人围着倒在地上向后退缩的年轻人，不停地举着武器恐吓着，责骂着。

他被吓得心惊胆战，那个年轻人跑开时绝望的眼神像根尖刺让他无比愧疚："对不起，我也没有办法，我还要去找我的家人。"

走过这条三百多米的小街,穿过一个窄巷,再往前不远就是中心广场。有一个很老的七层楼房外面还保留着疏散楼梯,他就直接上到最上面,从这里可以看到旁边的一条街和那个窄巷,街上三三两两都是惊慌不已、夺路奔逃的人,他突然发现一个女人正领着孩子向中心广场方向快步走去。

"娜娜!娜娜!"他拼命地喊着。

那个女人似乎听见了什么,略微停顿了一下,向后张望了一下,又拉着孩子继续走着。

"娜娜!"马科又喊道,急急忙忙从楼梯上下来,不小心在三层的转角撞到了右膝,一阵钻心的酸痛让他停下来,揉了揉膝盖,接着向下噔噔噔地跑着,楼梯似乎永无尽头,眼看着娜娜(R)和乐乐(R)走到街角,停下来左右张望了一下,拐向右边。

他打算从右边的窄巷穿过去,谁知一进巷子口,却发现在一个商店门口有几个警察正在拽着一个人的脚从街上往商店里拖。那个人双手不停地抓着地上的东西,一把抓住路灯的柱子,整个人被拉起来悬在离地一尺高的地方。一个警察从腰侧摘下警棍,狠狠地砸向那个人的胳膊。他咬着牙硬挺着还是没有松手,那个警察又向他的手背砸去。他终于哀号着松开手摔在地上,立刻被拖进屋子。

马科小心翼翼地从门前走过去,瞥见那几个警察正在用力踢打着在地上滚来滚去的那个人,吓得他快步走开。他走到巷子口时,身后传来砰的一声枪响,那个人已经跑到街上,手里拿着一根棍子,摇晃了一下,向前扑倒在地,随后两个警察也跑到街上,一个正在把手枪插进枪套，另一个四下望了望。马科赶紧向右侧走开，离开了那条巷子。

前面不远处，娜娜（R）和乐乐（R）正在走着，他奋力边喊着他们的名字边跑过去，终于在中心广场边上追上了他们。

"娜娜！"他拉住她，却发现不是娜娜（R）。

"你能送我们去公司吗？他们一直在追我们。"她面带祈求地问道。

"对不起，我在找我的妻子和孩子。"马科说道。

"妈妈，我们自己去吧。"那个孩子仰头对她妈妈说。马科才发现原来是个剪了短发的女孩儿，戴着一个和乐乐（R）一样的棒球帽。

"对不起，从这边走会快一些。祝你们好运。"马科略显无奈。

他从一小段林荫道进入中心广场，东侧那里聚集了很多人，围成半个圈，一个头戴黑色缎带的人站在一辆车子的顶上，手里挥舞着一把两尺多长的砍刀，在阳光下发出炫目的闪光，他正在喊着什么，人群随之发出阵阵呐喊。

马科走近，听见车顶的人叫道："把那个机器婊子拖过来。"接着传来一阵叫好声，随后传来娜娜（R）熟悉的声音："求求你们了，我不是你们要找的人。"

"是娜娜！"马科脑子里嗡嗡作响，奋力从人群中向前挤去，终于看见娜娜（R）头发散乱，惶恐地站在那里，摇着双手，哭着哀求。他站在两个人的后面看着她，却不敢过去。

"听见了吗？她说她是人。"车顶的人蹲下来，用砍刀的侧面拍打着车的前窗，有人发出一阵怪叫。

"你怎么证明你不是机器人呢？证明给我们看看吧。"

"我真的是人，我有丈夫，他是设计师。求求你们了，我真的不是机器人。"娜娜（R）哭着，脸上挂着灰色的泪痕。

"好吧，我不是科学家，我相信你。"他摊开手说道，望着她身后的人，继续问，"你们相信她说的吗？"

"不信！"

"她就是个机器婊子！"

"扒光她的衣服，杀死她！"

人群发出此起彼伏的叫嚣声，吓得马科肝胆欲裂，又不知如何是好，懦弱和屈辱感在炙烤着他。他身边一个看起来挺和善的人转头看着他说："你看她装得多像啊！"马科向侧面移了移，避开他的目光。

人们突然从后面向前涌动起来，圈子被压缩得越来越小，最前面的人开始踢打靠向他们的娜娜（R），有的击打着手里的武器发出瘆人的响声。马科被人群挤来挤去，逐渐转到娜娜的侧面。

"停停停！"车顶上的人使劲敲击着车身，喊道。人群又自动向外扩了扩。

"来，让我们来鉴定一下她到底是人还是机器人。"他笑着说，冲马科的方向招了招手。站在马科身边的一个穿着西装的中年人走到圈子里。

"这是'新希望'的工程师，他会帮我们鉴别看看，到底谁在撒谎。"车顶上的人说道。人群静下来，等着工程师的鉴定。

工程师没有说话，从兜里拿出一个透明的控制器，举在头顶向人们展示着，然后对着娜娜（R）按下去，她正摇摆着手，突然一下就停止在那里。

"你们看看，它到底是人还是智能人？"工程师问道。

一个四十多岁穿得很绅士的人走到近前，伸手在她眼前挥了挥，见她没有丝毫反应，又伸手摸了摸她的颈动脉，回过身说道："真是个智能人。"

人群里突然冲出一个十五六岁的毛头小子，飞身一脚踹在娜娜（R）的腰上，她像一截树桩一样向侧面倒下，结结实实地摔在地上，微微晃动了一下，右侧的脸颊立刻流出血来。

"嘿嘿！等一下，等一下，不要这么粗鲁！我们要让她恢复知觉，看看这些机器人是不是能感受到恐惧的滋味。"他伸手阻止抬起腿来还要踢打的小伙子，按下启动键，娜娜（R）立刻"啊"地叫了出来，挣扎着想要坐起来，又被踹倒了。

"来，把她捆起来。"那个人发出指令。立刻有几个人过来摁住娜娜（R），用铁链将她捆了起来，锁在车门上。

马科几乎要昏厥过去，拼命忍住眼泪，眼见妻子将要遭受更大的折磨，却不敢上前。

"该怎么惩罚它？"

"杀了它！"

"烧死它。"

定制时代
Custom Age

……

人们又发出一阵嘶吼，等喧闹停下来，突然传来一个孩子的叫声："妈妈，妈妈！"

马科的心犹如被一记铁锤重击了一下，乐乐（R）从他对面的人群里挤出来，哭喊着奔向妈妈。由于身体的运动神经损伤，他跑得非常吃力。马科不顾一切地刚想挤出去，却被一个人从后面死死抱住，一个声音在耳边说道："不要冲动。"

他费力地扭过头，却发现是爸爸在身后抱着自己。他使劲挣扎了两下，爸爸悄声说道："你不能过去，他们不会对一个孩子怎么样的。"

乐乐（R）费力地跑到妈妈身边，一边哭着一边拉扯着锁链："你们放开我妈妈。"

"乐乐，我不是让你回家找爸爸吗？你怎么这么不听话。"娜娜（R）流着泪望着儿子。

"妈妈，我要和妈妈在一起。叔叔，求你放开我妈妈，我要和妈妈在一起。"乐乐（R）仰头哀求道。

"啧啧啧，我心肠最软了，最看不得这种母子连心的场面了，多么感人啊！"车顶的那个人摇着头感叹道。人群望着这个穿着西装、打着小巧领结的可爱孩子，一下子静了下来。

"放心吧，小家伙，你很勇敢，我会满足你的愿望，让你和妈妈在一起的。"他说着，似乎知道乐乐（R）的爸爸就躲在人群里，边说边看着马科这边。

"谢谢叔叔。"

车顶的人冲着旁边的几个人歪了下头,那几个人冲上来用手里的棍棒使劲儿打着娜娜(R),乐乐(R)吓得哇哇大哭,从后面拉扯着一个人的衣服,被不耐烦地反身一脚踢倒。娜娜(R)则一边扭动躲闪着,一边喊着儿子的名字。

马科紧闭双眼,低着头,身体被爸爸紧紧箍住,耳边听着娜娜(R)和乐乐(R)凄惨的叫声。身边的人都伸头亢奋地张望着,叫嚷着。

突然,娜娜(R)尖叫道:"不要,不要伤害我的儿子。你们不能这样。"

马科惊惧地睁开眼睛,看见乐乐(R)正被一个年轻人踩在脚下,另一个年轻的、留着一半长发、一半光头的女人正抖着手往乐乐身上浇汽油。

马科用力想挣脱爸爸,爸爸死死地抱住他,在他耳边急促地说道:"不要冲动,他们会杀死你的。"

"可他们是娜娜和乐乐啊!"他带着哭腔小声道。

"走吧,你可以再把他们买回来。"爸爸说着,开始往外拖他。

乐乐(R)从头到脚都被汽油淋湿了,被几个人推来搡去,一次次摔倒在地。

"谁来?"车顶的指挥者拿出一个古董打火机举在眼前,问道。

"去吧。"马科发现对面走出的两个人,年长的竟然是乐乐原来学校的校长,而校长轻轻向前推着的就是那个在校门口欺负乐乐

(R）的高个子学生。

他坚定地走过去，踮着脚接过打火机，左手拨了两下，闪出几点火星，第三下时终于打着火。他右手拿着一个用小牛奶瓶做的燃烧瓶，将瓶口塞着的浸了汽油的布条伸向打火机，点着。

娜娜（R）发出绝望的嘶喊，突然将锁链从车窗挣脱开来，车顶那个人跟着一刀砍了下去。马科惊惧地闭上眼睛，双手死死抓住爸爸的胳膊。

"你们看看，她到底是不是机器人！"车顶的人用嘀嗒着鲜血的砍刀指着身首异处的娜娜（R），她的头掉在地上，右脸贴着地面，还在不停地喊着："放过我的孩子！"

高个子学生手里的火苗已经烧起来了，他瞪着一双仇恨的眼睛，将火苗使劲朝乐乐（R）身上摔去。乐乐（R）下意识地往旁边一躲，燃烧瓶啪地砸在地上摔得粉碎，变成了一小片火海，一些火苗溅到乐乐（R）身上，呼地着了起来。乐乐（R）被大火包裹成了一个耀眼的火球，在地上滚来滚去，发出凄惨的叫声，空气中弥漫着汽油和毛发燃烧的浓重味道。

"啧啧啧！真可惜，多可爱的小家伙啊！"车顶的人摇头叹息着，然后冲围在那里的人们高举砍刀喊道，"跟着旗帜，去杀死它们！杀死它们！"

人群发出震耳欲聋的吼声，像被狮群冲击的野牛群轰地炸开，随着一杆在风中猎猎作响的画着红 X 的白旗向外涌去。

"乐乐！乐乐！"马科拼命挣扎着，喊着，接着脑袋被重重地击了一下，歪向侧面，将爸爸也一起带倒在地。他觉得一阵眩晕，眼前是杂乱的脚步，视线变得模糊起来，乐乐（R）身上的大半皮肤都被烧掉了，一半的面部皮肉也被烧毁，露出里面的机器骨骼，下半身被人用刀砍断了，像《终结者》里的机器人一样从火中用机械手艰难地爬向爸爸，嘴里喊着："爸爸，爸爸，我要妈妈，我要回家。"